곁

신병은

1955년 경남 창녕 산으로 마산용마고등학교와 조선대학교 사범대국어교육과 및 동대학원 국어국문학과를 졸업했으며 35년간 여수정보과학고등학교에서 근무했다. 1989 『시대문학』 신인문학상을 통해 작품 활동을 시작했으며 KBS여수방송국 라디오 칼럼 '행복을 전하는 말'과 여수 MBC '0시의 데이트' 및 '아침을 여는 창'을 집필하였으며, 한국문인협회 여수지부장과 한국예총여수지회장 및 2012 여수세계박람회 여수시문화예술추진위원회 위원장을 역임했고, 현재 gs칼텍스재단 이사, 범민문화재단 이사, 전남대학교 평생교육원 문예창작과정 전담강사로 있다. 전남시문학상, 지역예술문화상, 한려문학상, 전남문학상, 전라남도 문화상, 여수시민의 상을 수상하였으며, 시집으로 『바람과 함께 풀잎이』『식물성 아침을 맞는다』『강 건너 풀의 잠』『바람 굽는 법』『잠깐 조는 사이』『休유』 등이 있다. shinpoem@hanmail.net

황금알 시인선 165

곁

초판발행일 | 2017년 12월 15일

지은이 | 신병은
펴낸곳 | 도서출판 황금알
펴낸이 | 金永馥
선정위원 | 김영승 · 마종기 · 유안진 · 이수익
주간 | 김영탁
편집실장 | 조경숙
표지디자인 | 칼라박스
주소 | 03088 서울시 종로구 이화장2길 29-3, 104호(동숭동)
물류센타(직송 · 반품) | 100-272 서울시 중구 필동2가 124-6 1F
전화 | 02)2275-9171
팩스 | 02)2275-9172
이메일 | tibet21@hanmail.net
홈페이지 | http://goldegg21.com
출판등록 | 2003년 03월 26일(제300-2003-230호)

©2017 신병은 & Gold Egg Publishing Company Printed in Korea

값은 뒤표지에 있습니다.

ISBN 979-11-86547-88-5-03810

*이 시집은 한국문화예술위원회와 전남문화관광재단 지원을 받아 제작하였습니다.
*이 도서의 국립중앙도서관 출판예정도서목록(CIP)은 서지정보유통지원시스템 홈페이지(http://seoji.nl.go.kr)와 국가자료공동목록시스템(http://www.nl.go.kr/kolisnet)에서 이용하실 수 있습니다.(CIP제어번호: CIP2017033210)

곁

신병은 시집

황금알

지는 꽃 앞에 서면 버리고 갈 것들이 더 분명해진다.

참 홀가분한,

버리고 갈 수 있어 참 홀가분한,

차 례

2부

3부

4부

5부

1부

곁

늦가을 꽃의 마알간 낯바닥을
한참을 쪼그려 앉아 본다
벌들이 날아든 흔적은 없고
햇살과 바람만이 드나든 흔적이 숭숭하다
퇴적된 가루 분분한 홀몸에 눈길이 가고
나도 혼자라는 생각이 정수리에 꼼지락대는 순간,
꽃 속 꽃이 내어준 자리에 뛰어들었다.
혼자 고요한 꽃은,
누군가 뛰어든다는 것을 생각지도 못한 꽃은
순간 화들짝 놀랐지만
나도 저도 이내 맑아졌다.
곁이리라
화엄華嚴이리라

사막의 낙타가 우는 법

오후 네 시쯤이었다
아침에 피었던 나팔꽃은 졌고
주체할 수 없이 마구마구 눈물이 났다
감정이 북받친 것은 아니었다
그렇다고 눈이 쓰리거나 아픈 것은 더더욱 아니었다
의사의 값싼 동정심은
나이 들면 생기는 건기라고 했다
몸이 더 빨리 나이 값을 치른다
귀도 그랬고 이도 그랬듯이
또 하나가 단절된 것이다
새들도 날지 않고 나무도 풀도 없이
가문 날 개울물처럼 낡아가는 안구,
물기 없는 길을 가기 위해서
쌍봉에 감춰 둔 물의 기억을 깜박여야 한다
웅웅대는 속 눈썹이 긴 낙타들의
깜깜한 눈물,
아스팔트를 떠도는 대상해열 속
건조한 생태계에 내리는 푸른 신기루였을까
홑이불 걷어낸 오후,
펄펄 눈이 내렸고 물소리 잠방댔다

봄꽃의 사생활
— 꽃씨에 귀를 기울이다

한겨울에도 뜨거웠다는 거
캄캄한 어둠 속에서도 환한 눈빛이었다는 거
사랑한다는 말이 그렇게 좋을 수 없다는 거
봄이 핀다는 말에 닿은 봄의 에스프리다
봄이 온다는 말에 놀란 몸의 알람이다
토도독 톡,
봉투 속 꽃씨들 하나둘 몸을 비튼다
때맞춰 바람꽃이 노크를 한다
투명한 허공에 발길질을 마구 하는
절정의 순간, 이때다 싶게
입춘 지난 노란 병아리들 탱글탱글하게 튕겨 나온다
침묵은 이렇게 벗는 거라는 봄의 첫 화법이다
연둣빛 눈빛 파닥대는 문을 연 기억으로
깊게 넓게 이윽고 나를 벗는다
나 말고 여기 아직 누가 남았나요
정직하고 당당하게 깨어난
늦은 목소리도
바람의 비늘 몇 개 집어 들고 둥근 귀를 세운다

꽃 비린내

자세를 낮췄던 풀과 나무는 지금 햇살의 궁리로
몸의 한 페이지를 펼치는 거야
바람도 슬금슬금 다가와 기대어
목련꽃 제비꽃 한곳을 슬그머니 풀어놓는 거야
핀다는 것은
여린 숨길마다 햇살의 만능키를 꽂는 거야
햇살의 키로 스스로 움츠린 목을 풀고 환해지는 거야
세상엔 열리지 않은 문은 없어
꽃의 무늬도 빨주노초파남보 햇살의 기억을 열어놓은
거야
햇살의 궁리가 깊을수록 꽃 비린내가 나는 거야
오래오래 어둠으로 뭉쳐있던 햇살들이
우르르 풀려나온 거야
햇살의 반짝임이 몰려나온 거야

표절하는 세상

모든 풍경은 표절이다.

바다는 모성을 표절하고 장미는 봄비를 표절하고 빗방울은 음표를 표절하고 나는 아버지를 표절하고 예순은 서른을 표절하고 어둠은 달빛을 표절하고 저녁은 새벽을 표절하고 너의 프라이버시를 표절하고 중심은 구석진 곳을 표절하고 새소리는 바람 소리를 표절하고 바깥은 창을 표절하고 슬픔은 눈물을 표절하고 겉은 속을 표절하고 잠자리는 하늘을 표절하고 사랑은 개화와 낙화를 표절하고 매미는 시간을 표절하고 기억을 표절한다

표절이란 말,

말없이 가만히 너를 받아들이고 나를 건너 너에게로 가는 일이다

너가 되는 일이다

산다는 것의 시뮬라크르simulacre

실체도 없이 참 아무것도 아닌 세상의 아름다운 표절을 위해 건배,

꽃들의 어록

나를 바라보는 너도 한 송이 꽃이야
너도 하나의 우주야

힘들었지
내일이면 분명 활짝 피어날 거야
당신, 도대체 어디에서 이제 온 거냐고
누군가 말을 걸어 올 거야

꽃이 되는 일은
세상 속으로 나를 꺼내 놓은 일이야
세상의 중심에 나를 세우는 일이야

햇살에 마음 내려놓는
뒤태 환한 꽃들의 어록,

나를 기억해 줄 누군가가 없어도
웃음을 말해줄 누군가가 없어도
사랑을 증언해 줄 누군가가 없어도
한 번이라도 꽃을 피운 생은
지더라도 영원히 꽃이야

외인출입금지

물이 굳게 잠겨 있다
수몰의 유리창 대신 하늘이,
푸른 옥수수 대신 흰 수염이 아주 잠깐 꽃피는 중이었다
읽을 수 없는 문장들이 오래 젖어 물안개가 핀다
투명한 응시였지만 침묵 외는 어떤 낱말도 통과하지
못한다
삶의 질량을 잃어버린 수평의 뜨락에 새 한 마리 날아
든다
지금 숨 막히게 이쪽을 바라보고 있는 저 새가 나를,
나의 옛 풍경을 드나드는 통로라지만
보이지 않은 길을, 생각나지 않은 기억을 꼭꼭 잠가
묵묵부답이다
물 위 창밖에 풍경이 되지 못한 그리움이 새가 되어 날
고 있다
나는 다시 제자리로 돌아간다
너는 굳게 잠겨 있다

착하다는 그 말

괜찮습니다
괜찮습니다
수없이 건네받고 건네준 그 말
그렇지만 마음 한구석에
응어리로 남아 있는 그 말
살짝만 닿아도 통증이 옵니다
지금 생각해보니
괜찮지 않습니다
용감한 척, 착한 척했습니다
혼자 외롭게 아팠습니다
'그래, 착한 아이지'
엉덩이 다독여주던 그 말 때문이었습니다
착하게 길들이던 속임수였습니다
나를 꾹꾹 눌러 둔
괜찮다는 그 말이
착하다는 그 말이
나를 위한 마땅한 말이 없을 때나 하는
참 시시한 말이었습니다

바람꽃

그 사람, 자꾸만 나를 풀어헤치고 있어요

바람 굽는 법

먼저 은밀하게 엉킨 매듭을 풀어야 해요
자잘한 풀꽃의 웃음소리 곁에 놓인 햇살도 몇 줌 섞어
야죠
조였다 풀었다 산들산들한 허리도 몇 번 돌려야 해요
팔을 돌려 껴안고 한동안 가만히 발효도 필요해요
그때야 한 번도 갖지 못한 제 무게를 갖는 법이지요
혼자 깊어지는 결 따라
한때는 나무였을, 색이었을, 어둠이었을 깊이를 가늠
하며
타이머를 맞춰야 해요
몸을 부풀려 잘 견딘 생채기들이 노릇노릇 잘 익은,
청동빛 새떼처럼 팔랑대며 날아오르는,
바람이 바람을 부화하는 상쾌한 신바람이어야 해요

못

어디쯤에서 박혔는지
내게는 아직 뽑지 못한 못이 있다
장도리며 벤치며 망각의 지렛대까지 동원해
별의별 궁리를 다 해보지만
아직 단단하다 못해 녹슨 채 붙박여 있다
더 이상은 안 되겠다 싶어
이제 무엇을 걸어둘까를 생각한다
유년의 어리광도 걸고 빗나간 풋사랑도
불온했던 뜬구름도 몇 조각 걸고
산정을 돌아온 솔바람소리도 걸어둔다
그러다 숫제 나를 통째로 걸기도 한다
못은 뽑아야만 하는 것은 아니라고
뭔가를 걸 수 있을 때 이름값을 하는 거라고
문 열린 채 우르르 달려 나온 한 무리의 생각도 걸어둔다
못 박혀 있는 상처는
나를 한 올 한 올 풀어내는 생의 갤러리다
편안한 나의 이력이다

말맛

달콤한 말, 쓴 말, 매운 말, 알싸한 말, 싱거운 말, 짠
말, 부드러운 말, 향기로운 말, 입맛 떨어졌던 말, 감칠
맛 나는 말, 기쁨을 주는 말, 살맛 나게 하는 말, 행복했
던 말, 화난 말, 짜증난 말, 편안한 말, 위태한 말, 뼈있
는 말, 물컹한 말, 가는 말, 오는 말, 긍정의 말, 부정의
말, 조롱하는 말, 눈으로 하는 말, 입으로 하는 말, 가슴
으로 하는 말, 몸으로 하는 말, 온몸으로 하는 말, 통하
는 말, 통하지 않는 말, 씹을수록 향기 나는 말, 사랑의
말, 속보이는 말, 그리움의 말, 햇살의 말, 안개의 말, 바
람의 말

말맛을 알면 그때서야 세상이 다 보인다
시가 보인다

허공의 진술법

텅 비어 있다구요
비어 있는 것은 허공이 아니에요
사선을 긋는 바람이 불고
나팔꽃도 피고 장미도 피네요
새 한 마리 날아요
나뭇잎 물고기들이
은빛 비늘 돋쳐 떼 지어 올라요

올해로 취업 삼수인 앞집 청년이 걸어놓은
눈빛 날카로운 아침도 있어요

아무것도 없다구요
가만히 들여다보셔요
혼자인 채 서성대는 그리움도 피어요
예순의 적막,
마음 위태로운 스무 살도 보여요
때론 마음도 허공이어요

마루에 놓인 선풍기는
마구 허공을 돌려요

매미

환하게 사는 여름 한 철보다
더 오래 어둡게 사는 사람이 있다고 말하지 마라.
어둠은 선택이 아니라 운명인 것을.
울다 울다 지치면 눈물마저 말라버린 사람이 있다고
말하지 말라
운다는 것은 오래오래 어둠을 견뎌낸 사람만이 가지는
떨림인 것을,
한순간의 떨림도
한 방울의 눈물도 없이
닿지 못하는 그리움으로 적막 속에 갇혀
단 한 번도 어둠의 허물을 벗지 못한 사람들,
어쩔 수 없이
눈물의 흔적이라고 말하지 마라
어둠의 무늬라고 말하지 마라

몸의 숲 속에는

내 몸속에는 가끔,
저물녘 노을이 아름답습니다
저물면서 세상을 물들이는 한 송이 꽃입니다
밤이면 수많은 은하수가 펼쳐집니다
내 몸속에 자리한 수많은 기억의 별들입니다
그중 하나를 펼쳐봅니다
잊히지 않는 첫사랑인 옐로 그린의 봄입니다
연초록 화법으로 말합니다
그때나 지금이나 도대체 너 왜 이리도 예쁜 거냐고
하늘도 바람도 햇살도 엄지 척합니다
또 하나를 내려 펼쳐봅니다
이번에는 내 안에 떠 있던 그리움입니다
서로의 뒤를 다독여주고 뒤를 내어주는
힘든 하루를 버티는 내 마음속 그라피티입니다
문득 나와 관계없던 무관심한 분탕질도
내 일이 되어 안겨있습니다
이번에는 섬입니다
혼자 있게 아무 말도 하지 말라고
그냥 내버려 두라는 전언이 붙어있습니다

마지막은 사랑입니다
내 소중한 것을 주고도 아깝지 않는 한 사람 거기 있어
사는 게 길이라고
내게 길일 수밖에 없는 그 사람 거기 있어
보기만 해도 왈칵 가슴에 피었던 그 사람 거기 있어
아무리 바깥바람이 거세어도
나는 내 안을 고요라 부릅니다
고요의 꽃이라 부릅니다

내가 어리석어

나무를 나무라 하지 못했습니다
풀을 풀이라 하지 못했습니다
꽃을 꽃이라 하지 못했습니다
바람을 바람이라 하지 못했습니다

내가 어리석어
사랑을 사랑이라 말하지 못했습니다
나를 나라고 하지 못했습니다

문득, 지나치다
나무와 풀과 꽃과 바람을 오래오래 바라보았습니다

나무를 나무라고만 할 수 없었습니다
풀을 풀이라고만 할 수 없었습니다
꽃을 꽃이라고만 할 수 없었습니다
바람을 바람이라고만 할 수 없었습니다

내가 어리석어
사랑을 사랑이라고만 우길 수 없었습니다
나를 나라고만 우길 수 없었습니다

톡, 혹은 툭, 그 너머로
— 알밤 한 톨 떨어지다

이 소리,
한때는 꽃이었다
꽃의 표정이었다
나비의 몸짓이었다
햇살의 암호였다
흙의 풍장이었다
바람의 얼굴이었다
비의 파문이었다
봄의 풍경이었다
아이의 미소였다
산 깊은 외로움이었다
새벽의 통증이었다
잘 익은 시간이었다
열리고 닫히는 문이었다
줄탁동시의 줄임말이었다
이 소리,
너를 향한 침묵의 깊이였다

2부

겉멋 들다

나는
나의 시는

나무를 풀을 꽃을 바람을 물을 별을 달을 바다를 하늘
을 산을 새벽을 아침을 일출을 소나기를 햇살을 저녁을
빛을 어둠을 사랑을 꿈을 기억을 아픔을 눈물을 웃음을
그리움을 휴일을 그녀를 그대를 어머니를 아버지를 하
나님을 밑그림으로 베꼈습니다

나는 나의 손방을 베꼈습니다
나는 나의 무지를 베꼈습니다

바다 레일바이크

골목 아래로 흰 바람꽃 소리로 피는 바다가 보이는 집에 산다 한 번도 바다로 내려가 보지 못한 앉은뱅이 햇살은 모서리에 기대어 있다 먼 생각을 매단 몇 량의 열차가 뼈마디 서걱이며 바다를 향해 달려와 저쪽 수평선을 가리킨다 떠나는 일에 익숙지 않은 나는 기회는 또 올 것이라며 손사래를 치지만 잘 길들여진 몸이 먼저 반응하는 하늘 자전거 타기, 눈길 닿는 곳마다 새로운 길이 태어난다 길고 긴 여정이 한때는 한적한 오후였고 휴일이었을 코발트블루 길 위로 신나게 페달을 밟는다. 파닥거리며 날아오르는 만추晚秋다

정직한 시간

나 이제 존재하지 않아요
보지도 듣지도 않아요
아무것도 아니에요
그간에 참 용케도 잘 살았어요
아니 잘 견뎠어요
옥상 빨랫줄에 매달려 펄럭였거나
혹은, 키 큰 나무처럼 무성하게 살랑거렸어요
한낱, 그깟, 이란 부사어는 쓰지 않을래요
누가 뭐래도 열심히 살았거든요
나, 이제 고요한 바람 소리로 돌아갈래요
고요하게 떨릴래요
나, 이제 나를 지울래요
아무도 모르게 그늘 속 그늘 되어 살랑거릴래요
바람 속 바람 되어 펄럭일래요
어둠 속 어둠 되어 스며들래요

그때

아직 때가 되지 못한 수많은 그때를 생각한다
때만 덕지덕지 묻은 채
언젠가는 올 그때를 기다린다
딱따구리의 아침과 저녁
나무들의 허공과 포옹에 대해 묻는다
왜 아직 꽃이 피지 않느냐고
너의 마음이 왜 아직 보이지 않느냐고 묻는다
그때마다 아직 때가 아니란다
발아하지 못한 생각은 죽을힘을 다해 발버둥을 치지만
아직은 때가 아니라고만 한다
얼음이 녹듯
때가 되면
저절로 풀리고 열린다고
때가 되면 그대 향해 기운 마음 한 조각도
꽃이 되고 사랑이 되고 아침이 된다고
아직 때가 되지 못한 가장자리에서
다시 그때를 묻는다

힐끔

나는 지금 그리움을 힐끔거리며

누군가의 아침을 힐끔거리고 있어요

사무실 앞 늙은 플라타너스를 힐끔거리다

바람의 징후를 힐끔거리고

가지런하지 못한 나의 그 날을 힐끔거리고

철 지난 한 잎의 생을 힐끔거리고

9월의 마지막을 힐끔거립니다

어둠의 원형을 힐끔거리고

아가페와 에로스를 힐끔거리고

고흐를 까마귀를 힐끔거리고 클림트의 황홀을 힐끔거

리다

하늘과 바람과 별과 시를 힐끔거리고

뜨거웠던 나의 스물여덟을 힐끔거립니다

너를 힐끔거리는 것은 결국 나를 힐끔대는 일입니다

너가 보이면 그때 비로소 내가 보이기 때문입니다

힐끔거리면 문득 마음이 간지럽습니다

봄바람이 간지러워 허리 젖혀 웃는 목젖이 보이고

비늘 돋쳐 꼬리지느러미를 세차게 흔드는

기분 좋은 일도 보입니다

자작나무 품속에는 맑은 웃음이 숨어있습니다
바람이 부는 곳을 힐끔거리다 잠시 주춤거리기도 했지만
이렇게 바람이 그리울 수 없는 것을 보면
내 속에도 자작나무 한그루 숨어 살고 있습니다
잎새 간지럽게 거슬러 오르려는 본능을 힐끔거리며
실로 오랜만에 그리운 그대를 힐끔거립니다
그리운 나를 힐끔거립니다

골목

무궁화 꽃이 피었습니다
사람과 사람
집과 집 사이에 골목들이 꽃 피었습니다

키를 쓰고 소금 얻으려 다니던 골목
나뭇잎 사이 햇살로 반짝이는 골목
은빛 지느러미 살랑대며 바람 거슬러 오르던 골목
뚜벅뚜벅 늦은 발길 소리 선명한 골목
고등어 굽는 냄새 이글거리는 골목
긴 이랑을 뜨겁게 돌아 나온 저녁 밥물 넘던 골목
전봇대 아래 허리띠를 풀던 취기어린 골목

골목이 사라졌습니다
사람과 사람
집과 집 사이에 아이들이 꽃피지 않습니다
무궁화 꽃이 피지 않습니다

씨 1

첫 발성은
바람의 노래였다
햇살의 뼈였다

안녕하신가요?

외롭지만
누구도 물어주지 않은 나의 안부를
들여다본다

이럴 때면 늘
나의 간절한 바람은 어느 낯선 허공에 닿아 있는지
누군가의 가슴에 뿌리내려있는지를 묻는다

꽃의 해탈,
그도 나도 고요에 든다

씨 2

오래오래
내 안에 내가 세 들어 살았어

포장지를 풀자
우르르 풀려나오는
꽃의 레시피
하늘색 꿈과 하얀 여백의 배고픔과
연초록의 웃음,
앞으로나란히 줄을 서던 초롱한 눈길
보고 싶었어
오랜만에 환한 나를 만났어

함초로이
혼자 웃었어

심심풀이

심심해서 너무 심심해서
눈물을 흘렸다는
깊고 간절한 그 말

일없이
호흡이 호흡을 여는
고요가 고요를 여는 그 말

오라는 곳도 갈 곳도 없이
허공에 돌팔매질하는
눈 그늘이 깊은 그 말

풀리고 풀려
더는 풀 것도 없이
무언가를 해야 한다는 그 말

땅콩이라도 곁들여야 한다는
심심풀이 그 말

꽃씨 우체국 2

안녕하신가요
첫 발아는 내게 묻는 안부였다
어느 낯선 어법을 거쳐 왔는지
햇살의 뼈와 바람의 눈길로 선
그 안부
봉인을 풀지 못한 나는
가만히 고요의 뿌리에 닿는다
화르르 화르르
몸의 기억이 더 간절한 꽃씨,
숨소리 가장자리마다
말똥말똥한 기억의 점등식,
한겨울의 피돌기가 뜨겁다
뜨겁다는 것은 오래 응시한다는 것
간절한 그리움 다독여온 숨소리에
바람의 꽃눈
똑똑 참새처럼 조잘댄다

우물

   우물이라는 말 속에는 갈증을 해소하는 동그란 하늘이 있어 나는 금방 물가 꽁지 팔랑대는 새소리로 앉아요. 새소리 뽀글뽀글 물방울 소리로 떠오르는 물가에는 버드나무 잎 띄우는 일 따위는 더는 하지 않아요. 두레박도 이제 퍼 올리지 않아요.

   둥근 것을 보면 부드러워 그 안에 안기고 싶어

   하늘 한 자락을 동그랗게 말아 쥐고 빛의 기울기로 깊이를 헤아려도 백일동안 여자가 되기를 꿈꾸었던 볼우물의 기억마저 증발하여 버린,

   그곳

   이제 아무도 들여다보지 않아요

   스스로 깊어지는 법도 잊어버렸어요

   부풀어 오르던 하늘도 새소리도 없는 수면엔 생각 없이 물의 주름만 번지고 있어요

풍경 한 컷

빛이 있었다
빛보다 먼저 어둠이 있었다
어둠보다 먼저 고요가 있었다
고요 속에 그늘이 누워있었다
문득, 한 올 바람이 불자
수천수만의 새들이 날아오르기 시작했다
한순간에 찍힌 허공의 발자국들,
새들이 날아간 흔적은 흔들림이다
자작나무에 몸을 기댄 햇살은
몸을 추스르고 깔깔대고 있다
무성한 그늘도 팔랑대기 시작했다
아직 잠속에 든 어둠은
목덜미까지 햇살을 당겨 덮기도 했다
나뭇잎 연초록 숨결이 눈부시다
햇살이 들춘 어둠 속에는 고요가 산란한다
고요를 기댄 고목은
적막하다 못해 묵상에 든 지 오래다
빗방울 몇이 들어왔을 때
풀의 숨소리는 계곡 아래로 흘렀다

숲 속에는
빛과 어둠과 그늘과 바람과 고요가
늘 동행한다
나도 맑고 다정한 풍경 한 컷이다

너가 꽃이라 하면

너가 꽃이라고 하면
나도 꽃이라 할래
너가 꽃이 되면
그때나 가서야 나도 꽃이 될래
어두워져 흐려짐 너의 사랑을
꽃이 되어 환하게 밝힐래
서 말쯤 향기 풀어 유혹할래
그쯤 돼야 꽃이라 할 수 있게
안쪽 깊숙이
아, 하는
감탄사 하나 찔러줄 수 있게
그때나 가서야
꽃이 될래
너와 나 사이에도 꽃을 피울래

긴요한 아침

무심코 차를 몰아 조립식 건물 모퉁이를 턴하자
비둘기 두 마리 황망히 날아오른다
아, 이를 어째
저 새들의 아침을,
걷어차 버린 저 새들의 아침 식탁을 어쩐다
나는, 나를 볼 수 없어 느슨한 아침이
나를 보고 날아오르는 새들에게는 얼마나 긴요하지
허물없이 다가설 수 없는 아침의 거리를 어쩐다
저 새의 오늘 아침은 절대로 덮일 수 없는 것
아, 이를 어쩐다
문수동 182번지에 떠도는 새들의 아침을
공복의 부리를 비벼대는 낮달의 아침을
아직, 돌아오지 못한 저 새들의 외로운 아침을 어쩐다
아침을 깨어버린 나의 이 폭력을 어쩐다

소리꽃

다살다살 햇살 내리는 소리 오소소 봄비 내리는 소리 호로롱 씨감자 눈뜨는 소리 파르르 꽃눈 용쓰는 소리 화르르 매화 꽃잎 벙그는 소리 소로로 나팔꽃 지주목을 오르는 소리 바르르 바람 번지는 소리 사르르 아궁이 불 사위어가는 소리 파르르 저녁이 오는 소리 뾰로로 별빛 부서져 내리는 소리 아르르 마음이 환해지는 소리 퐁당퐁 물수제비 띄우며 건너는 그리움의 소리 똑똑똑 내 속에 들어서는 너 발자국 소리 두근근 사랑 방 펴는 소리

소리 위로 소리가 엎어지는,

소리로 숨 쉬고 소리로 젖는 세상에서 작은 소리로 큰 귀를 여는 봄, 소리꽃 핀다

비 오는 날의 발묵

바닥에 누웠던 빗방울이 바람에 기대어 튕겨 오른다.
나무처럼 잎들을 펄럭이며 목청 세워 나팔꽃 줄기를
감아올린다.
오랫동안 허공에 떠돌았을 물방울들이
쉴 틈 없이 나팔꽃 줄기를 타고 하늘로 오른다.
그러자 빗방울이 되지 못한 먹구름은 가지마다 걸려있
다 다시 돌아가고
흐릿한 나무는 물의 집을 꿈꾼다.
그런데 나무는 알고 있었을까.
그도 처음에도 물이었다는 것을
나뭇잎 하늘거리는 물결이었다는 것을
바람 소리로 흐르고 물소리로 흔들리는 강이었다는 것을
한없이 깊어지는 수위, 비 오는 날 숲 속에는
강을 거슬러 줄지어 하늘로 오르는 나무들의 행렬을
볼 수 있다

화법, 그러나

잘못 쓰면 역접 혹은 역적이라는
눈치 보이는 그 말

어쩔 수 없이
오직 그뿐이라고 낙담할 때
참으로 앞이 캄캄할 때
숨통을 터주는 빛의 그 말

······그러나 사랑했어요
······그러나 행복했어요
······그러나 괜찮았어요
······그러나 좋았어요

그럼에도, 그런데, 하지만으로는
감당할 수 없는 무거움을
한 방에 날려주는 그 말

사람이 사람 안에 들고
사랑이 사랑 안에 들게 하는

설렘의 그 말
긴장의 그 말

그러나 그러나

3부

새싹

꽃이 아기를 낳았어
풀이 아기를 낳았어

먼지 털고 나온 아이의 이쁜 말이

따뜻하게 피었어
참 맑게 피었어

잔주름의 시간

주름이, 잔주름이

지나온 샛길이 누워있는 보행의 아름다운 흔적임을 알
지 못하는 아내는 요즘 누가 얼굴 잔주름을 짚어내기만
하면 분해 잠을 이루지 못한다

어쩔 수 없이 어쩔 수 없이 너에게서 나에게로 기울어
온 길임을 알지 못한다 잔주름진 깊이가 은하빛 고요로
운 시간의 길임을, 홀로 아름다운 거리임을 알지 못한다
몇 방울의 이슬 몇 올의 바람이 조용한 기슭에 피워낸
작은 풀꽃임을 임을 알지 못한다

아내여,

경계 지워진 세상의 한때 팽팽했던 긴장의 일탈을 기
꺼이 피어난 꽃임을 기뻐하자

응시

풍란 작은 화분에
느림의 바리스타 민달팽이 한 마리 살고 있습니다
내 다정한 이웃이기도 한
녀석을 보면서 한 템포 늦춰야겠다는 다짐을 하곤 합
니다
녀석의 느린 생각이 나의 지혜가 되기도 합니다
그런데 말입니다
애써 허공에 내민 풍란의 새 뿌리를 죄다 먹어치운 저
녀석을
오늘 아침 결국 잡아내야겠다는 고민을 하고 있습니다
누군가는 말했어요
달팽이도 먹고 살아야 하지 않겠냐고
풍란의 뿌리를 갉아먹은 건
극한의 생존을 위한 마지막 선택이었을 것이라고
못된 인간과 동일시하는 건 아무래도 좀 억울할 것 같
다고
그동안의 정분을 생각해
따로 먹고 살 작은 상추 화분 집을 하나 마련해주면 어
떻겠냐고

작정하고 변호까지 했습니다만

내 결심이 확고했던 것은 풍란의 억울한 표정 때문만
은 아닙니다

어떤 경우에도 뿌리만큼은 손대지 말아야 하는

금기 때문인지 모릅니다

절박한 세상을 살아가는 힘은 뿌리임을 알기 때문입니다

하찮은 일 같지만 세상사는 일이 다 그렇듯이

가만히 들여다보면 이보다 엄청난 일도 없기 때문입니다

동백꽃 지다

어떻게 견뎌낸 외로움인데
어떻게 다독여온 아픔인데
어떻게 열어놓은 설렘인데
어떻게 펼쳐놓은 그리움인데

제 혼자 깊어지다
뚝
뚝
저를 놓아버리는 단음절 첫말이
이렇게 뜨거운데
설마 그게 한 순간일라구

떡잎에서 꽃잎으로

아이들의 웃음
한 잎 한 잎 피었다

너 안쪽으로 어떤 길이 나 있어
너를 세상으로 불러내었나

떡잎에서 꽃잎으로
그 사이로

두 손 가지런히 모은 예법으로
길 위 또 어떤 길을 세우나

울림소리 하나 나비 되어 팔랑대는
길 위,

너 꽃처럼 피었다

조짐이 보여

몸살이 올 조짐이었어요
조짐은 다가올 나의 표정이죠
겨울 속 봄을 앞당겨 본다든지
거미가 줄을 치면 맑다든지
새가 낮게 날면 비가 온다든지
아침 무지개가 흐릴 징조라면
아침 안개는 중대가리 깬다고 하죠
늘 그렇듯 조짐은
다가올 것에 대한 아릿한 예언 같은 것이죠
티 없는 지혜의 발언이죠
나무 안에 잎이 흐르고 꽃이 흐르고 바람이 흐르듯
단어와 단어 말과 말의 사이에 조짐들이 있지요
바람이 절뚝거리며 올라서는 늦은 귀갓길 골목에
햇살 꼿꼿한 내일 아침이 보이죠
세상은 조짐으로 해가 뜨고 진다는 것을 몰랐죠
날마다 같은 산책이라고만 믿었죠
그렇다니까요
보이는 것들을 모른 채 한 죄로
이렇게 단단히 병이 나잖아요
그리우면 그립다고 아프면 아프다고 하세요

먼 데

지난가을에 팽개쳐둔 배추밭이 봄이 되자 하루가 다르게 부풀어 오른다. 얼어 죽었다고 생각했던 배추 마른 겉잎을 벗겨보니, 봄이라고, 노랗게 기지개를 켜는 거기 민달팽이 세 마리 옹기종기 꽃대를 세우고 있다.

얼다 녹다 먼 길을 달려와 누군가에게는 따뜻한 보금자리가 되고 누군가에게는 식욕이 되어주는 저 눈부신 귀가를 보면서 한번은 기필코 꽃이 되겠다는 집념 하나로 먼 겨울을 건넜을 것을 생각하니, 먼 데는 결코 거리의 문제가 아니라 영혼의 깊이임을 안다.

어느 영혼에서 건너온 노란 배추꽃 작은 송이송이, 햇살 한나절을 피우고 있다.

내 안의 달빛 물빛

늦은 저녁 미평 수원지 산책로를 걷나니
저수지를 미끄러져 온 바람 따라
새소리도 잠겨 드는 고요한 물의 시간이나니
도심을 조금 비껴섰을 뿐인데도
세상은 텅 비어 젖어 있었고
이따금 키를 세우는 편백나무의 관절 늘이는 소리가
들리나니
내일은 아직 실패하지 않은 날 아니냐며
그렇게 생각하면 기쁘지 않냐며
아직 늦지 않은 우리에게 전하는 위로도
한 올 한 올 맺힌 물방울이었나니
나도 너도 나무도 바람도 알고 보니 다 물이었느니
물로 목을 축이고 관절을 풀고 키를 세워 세상을 여나니
물의 한복판에서 어린잎 피우고 꽃을 피우나니
'너, 나를 물로 봤어'
오래전 떠나간 친구의 말도
잔잔한 마음의 수면 위로 달빛처럼 뜨나니
알고 보니 사는 게 서로에게 흘러가는 물길이었나니
물비늘 반짝이는,
너도나도 물의 집이었나니

자내리의 봄
— 봄의 저편에서 전화가 왔다

노루귀 같기도 한 것이
스무 두 살의 그리움 같기도 한 것이
봄의 속력으로
천천히
천천히
귀를 쫑긋 세웠다

봄의 속력으로 새가 날아오르고
하늘 저편으로 가던 맨발의 바람이
먼저 들러 안부를 묻기도 한다
한나절을 더 기다린 반가부좌상의 진달래는
반공일 같은 오후의 눈길로 길을 묻는다

견디고 견디다
봄의 속력으로 누군가를 만나러 가고
또 누군가를 기다리다
반갑고 기쁘게 꽃이 된다

아름다운 발아_{發芽} 1

감을 먹다 보니 감씨 다섯 개가 나왔다
쓰레기통에 던지려다

썩으면 많은 열매를 갖는다는
예수님의 밀알이 생각나

썩을 놈
천발 만발 욕을 먹던 어린 날도 생각나

흙살 좋은 언덕에 던져두었다

아름다운 발아發芽 2

건너는 화법을 몰랐다

열릴 것이라고 믿었지만 눈감은 단단한 기억일 뿐이
었다

눈빛 무성한 원시림의 기억이 물의 허물로 남아

저물녘이면 한없이 흐르고 싶어 젖은 집 한 채를 짓는

그 여자, 물을 돌려주세요

뜨거운 곳을 열어 밤새 호로롱 호로롱 맑은 물소리를
내다

아침마다 휘어있는 것들의 척추를 바로 세워주는

그 여자의 자존, 바람을 돌려주세요

겨울 바다를 가로질러 거실 한가운데까지 성큼성큼 들
어와

난분의 잎새 위에 앉았다가 사각형의 유화액자를 힐끔
거리다

겨울 눈빛 허전한 허리를 껴안는다

이윽고 지난가을 낙엽 진 아랫목에 형광의 지느러미를
세운

그 여자, 비워낸 자리에 몇 개의 말줄임표를 달고

가끔은 시도 때도 없이

야릇한 웃음 꼬리 살랑대며 달려오는 저 바람으로
한 달에 한 번 봇물 터지는 아랫목을 데운다
…… 열릴 것이다
오랜 기억이 한 생애가 되는 저 여자의 꽃눈,
뼈가 되고 싶은 바람의 오르가슴이라 했다

햇살의 체형

햇살의 방이 있어요.

담장 아래 옹기종기 모여 몸을 둥글게 말고 있던 겨울나기 체형과 아지랑이 너울대며 들녘을 키우던 새초롬한 몸매의 봄맞이 체형과 피 뜨겁게 그을리던 여름도 나뭇잎 연서로 보내온 가을의 체형과 이마를 맞대고 소곤대는 체형, 푸른 유년의 체형들이 널브러져 있어요

지금은 멸종된 체형들이 문득문득 계절처럼 생각나는 이 방에 혼자 올 수 없어 한껏 부풀어 오른 비발디의 햇살도 나뭇잎 환한 웃음으로 함께 왔어요

방의 윗목에 능선으로 누운 햇살이 꽃의 씨앗이어서 그런지 햇살들 체형이, 꽃만큼 향기로워요

나도 한때 햇살이었죠
나도 한때는 나비처럼 팔랑댔죠

밥줄

밥 먹으러 가요
밥 먹으러 가요
세상에서 제일 따뜻한 기분 좋은 말
빈말이라도 넉넉한
밥 먹으러 가요
그릇그릇 담아낸 밥 먹으러 가요
까이 거 뭐니 뭐니 해도
끼니 걱정 없는 게 잘 먹고 잘 사는 거
너도나도 밥심으로 살아야지
밥그릇 비우면서 예까지 왔으니
고래심줄보다 더 질긴 줄이 밥줄이라는데
밥줄을 놓는다는 말이 죽는다는 말과 동격이라는데
그래서 밥줄을 놓으면 똥줄이 탄다구요
세상은 빈자리 기웃대는 밥그릇 싸움이라는데
남모르게 후닥딱 하다 급체하는 사람도 많아
아프게 아프게 손가락을 따는 처방도
그러면 안 된다는 따끔한 일침이죠
김이 모락모락 나는 밥 한 그릇이면
더는 부러울 게 없으니

남의 밥 가로채 허겁지겁 먹지 말구
가슴으로 마음으로
밥 먹으러 가요
내가 너의 밥이고 너가 내 밥이잖아요

느닷없이

여름 한낮에 느닷없이 잔가지 하나 없이 민둥머리가 된 봉산동 돌산대교로 벚나무 가로수를 보면, 그늘도 뺏기고 설렘도 뺏긴 채 무더위 속 적막밖에 없는 저 헐벗은 벚나무 앞에서 처음으로 부끄러웠다

가로수의 본질은 그늘이라는,
벚나무의 철학은 꽃이어야 한다는,

생각 없이 사라진 순리를 자꾸만 자꾸만 목구멍으로 삼켜야만 하는 이 엿 같은 기분은 뭘까. 느닷없이 접어버린 벚나무의 계절에 대해, 느닷없이 전정당한 여름 한낮의 초록에 대해 느닷없이 침묵할 수밖에 없는, 저 저 적막 앞에

더는 열 수 없는 가난한 봄 길에 대해, 더는 이야기 할 수 없는 꽃그늘에 대해 들먹이는 이 엿 같은 기분은 뭘까

봄, 피다 23

롯데시네마에서 한재 터널 방향 산비탈에 매화가 활짝 피었다.

그중 유달리 환하게 핀 매화가 있어 가까이 다가가 보니 웬걸 스칠로폰 하얀 조각들이 저도 꽃이라고 피어있다

아, 분명 봄이었어
쓰레기도 꽃이 되는 봄이었어

꽃에게

말 좀 혀 봐
그 옛날이야기도 좋고
봄날 아침의 봄까치꽃 웃음이어도 좋고
너 생각하면
지천으로 꽃이 필 것 같아 좋아

피는 것도 고요
지는 것도 고요

햇볕처럼 바람처럼
너 무슨 말이든 한번 해봐

꽃씨의 잠

꽃이 되려면
얼마나 더 깊은 잠속에 들어야 할까
하늘하늘 잠자리 날개짓의 바람 소리가 들린다
맑은 물소리가 찰랑댄다
꼼지락대는 고사리손 잎이 보인다
웅크린 새우잠 속에 뛰쳐나온 숨소리도 들린다
아침이 되고 저녁이 된 햇살이 보인다
보일 듯 말 듯
들릴 듯 말 듯 새근새근 꽃피는
꽃씨의 잠.

4부

꽃, 혹은

봄빛 무성한
쇠별꽃, 주름잎, 괭이눈, 까마중, 달개비, 꿀풀, 돌나
물, 산괴불주머니, 꽃다지, 골무꽃, 갯완두, 까치수영,
갯메꽃……

누구에게는 꽃이고
누군가에게는 잡초다

고추잠자리 발묵법

햇살 좋은 가을 아침 고추잠자리 한 쌍 발레리나 사랑
을 나눈다

곡선 고요히 스며듦을 바라보면 함께 더불어란 말의
고요함이 묻어나, 고요한 떨림이 건너는 길을 바라보는
것이다. 말하지 마라 몇 번 망설이다 닿는 순간 주체도
객체도 슬며시 서로를 받아늘여 침묵의 화법을 꽃피우
는 것이다 날개옷을 함께 펼쳐 꽃받침이 되고 꽃잎이 되
어 햇살 속에 천천히 그리고 순식간에 한 호흡법으로 꽃
이 되는 것이다

저 꽃, 어떤 대화의 발묵일까

나도 네 끝까지 닿아 피는 데는 그리 오래지 않았다

멍 때리다

때린 데를 또 때리는 야비하다는 말일까
멍을 때리면 정신을 잃을 정도로 아프다는 말일까

이 생각 저 생각으로 멍 때려 보는데
멍하니
딴생각을 하며
넋을 잃고 생각에서 벗어나 정처 없이 둥둥 떠다닌다

야. 너 또 멍 때리냐?
어딘가에 정신을 팔았다는 저 말의 테두리를 걷어보면
아, 문득 아프다

멍 때리다 보면 넘어져 있고
멍 때리다 보면 이마며 무릎이 깨져 있어
몸의 멍도 늘어난다

도대체 무슨 생각을 하며 사는 거냐고 따지고 들 땐
멍 때리는데 무슨 생각이 필요하냐며
멍 때리다가 멍드는 나이라고
또 그 틈에 멍 때리다 빵 터지는 것이다

산사

새벽빛 올 엮어 일주문에 걸어두다
새소리 물소리도 환하게 열어두다
포르르 이슬에 젖은 풀꽃들도 깨어나다

조막손 아침 햇살 수평으로 펴 보이다
동자승 눈동자에 송사리 떼 해맑다
헤헤헤 산빛 웃음이 일이 없어 헤살대다

강바람 산바람이 솔기를 펼쳐두다
바람길 동자승에 무릎베개 내어주다
산그늘 산문을 닫고 속마음을 펼치다

일몰의 깊이로 물소리 펼쳐놓다
꽃무릇 바람 향기 저녁공양 드셨냐고
아니다 나는 먹었어 바람결 사래치다

소나타 쓰리

97년생 소나타 쓰리 도치
사람의 나이로는 팔순이 훌쩍 지난 나이쯤이다
20년을 한결같이 나를 모셔준 경건한 애마가
연일 기록을 경신하는 올여름 더위가 무리였을까
뜨겁게 기침을 몇 번 하더니 하얀 수증기를 내뿜었다
긴급 출동한 서비스 기사는 뇌진탕이라 했다
폐차장으로 견인해야 한다는 말에
그래도 함께해온 20년이란 세월을
생각 없이 떠나보낼 수 없어 주치의가 있는 카센터로
갔다
보닛을 열고 간단하게 냉각 순환 호스를 바꾸고는
엔진이며 다른 기관은 이상이 없다고
일이 년은 더 거뜬히 탈 수 있다 한다
분명한 것은 출동 서비스 기사의 오진이었다
몇 년 전 젊은 의사의 오진으로 한쪽 청력을 잃은 나도
남은 한쪽 귀를 책임지라는 말로 그냥 넘어간 적 있지만
오늘 나는,
얼마나 많은 오진에 세상이 망가져 왔는지를 생각한다
여름 한낮에 소름이 돋는 저 오진의 오류를

실수라 해도 되나 싶었는데
한평생을 같이 살면서도 아무것도 모른다고
햇살 같은 엔진 소리 가르릉 가르릉 귓전을 후린다

뒷덜미를 잡히다

병원에서는 별 이상이 없다는데
어깨도 목도 천근만근이다
뭔가가 뒷덜미를 콱 움켜잡는가 보다

너보다는 내가 더 잘 났다는
나 아니면 안 된다는
내가 최고라는 불결한 식탐이
힐끔거린 불순한 눈빛이
비우지 못한 저 엉큼한 검은 속내들이
시도 때도 없이 발목 접지른 생각들이
목덜미를 움켜잡는가 보다

덜컥 잡혀버린 뒷덜미, 숨이 막힌다

성급한 벚나무

여서동 한재 로터리에는 성질 급한 벚나무 한그루 있는데요.
해마다 이맘때면 사람도 나무도 저렇게 성질 급한 놈이 있다고
오가는 사람이면 누구나 한마디씩을 하는 데요
나도 그 중의 한사람이었는데요
오늘 아침 그 나무 곁을 지나는데
꼭 그렇게만 생각할 일이 아니라고 귀띔을 하는 데요
한발 앞서 사는 것이 얼마나 힘든 행복인지를 되묻는 데요
나는 대답 대신 저 나무가 관통한 겨울나기를 생각하는 데요
한발 앞서 여린 햇살을 끌어오기 위해 발버둥 친 흔적을 보는 데요
땅속 깊숙한 체온을 다독이던 젖 먹던 힘까지 보는 데요
한발 앞서 혼자 깊어 간 뒤태를 생각하는 데요
한발 앞서 세상의 문을 연 저 나무의 꽃자리를 생각하는 데요
부끄럽게도 나는 그 나무의 앞선 한발을 잠시 눈여겨보는 데요

까치밥

세끼 밥도 못 챙겨 먹던 때에
벌레랑 새들이랑 함께 먹고 살자고

고수레 고수레

까치도 먹고 살아야제
하나는 꼭 내비둬야 된다이

허공에 새긴 아버지의 착한 어법
까치밥 지었습니다

꽃의 이름으로
— 기억의 방식

기다림은 나보다는 간절한 누군가를 위한 연가일까
더위가 한풀 꺾인 후에야 하란이 꽃대를 올렸고
여름 내내 단단히 잡고 있던 그윽한 향기를 풀어놓기
시작했다
견딘 만큼 향은 짙어
온 사무실을 휘젓고 다니다 못해 오후 한나절의 고요
까지 흔들었다
옥화, 철골소심
어디 숨어있다 왔는지
기다렸다는 듯 고운 향으로 제 이름을 드러낸다
세상의 모든 향기는 외로워
그럴 때마다 가끔 기다림의 깊이가 드러나곤 하는데
오래 밀쳐둔 선이 고운 긴 여운으로 서로를 묶는다
꽃 지자 기다림의 그늘로 남은 꽃 이름이
제 향의 결이라는 걸 알겠다

겨울나무가 1

나무들
무성한 잎을 털면
그때야
능선이 아름다운 산이 보인다고

그만큼의 넓이로
그만큼의 깊이로
이윽고 환하게 너가 보인다고

우리 사는 것이
겨울나무 맑은 안부 같아서
서로를 건너는 떨림 같아서

나를 지우면
그때야 너도 밝아져
서로를 열어주는 말씀들이
깊고 맑아져

함께

더불어
겨울눈 맑은 우리가 된다고

겨울나무가 2

나무가 나무에게 건네는 말
고요하다
올 한 해 괜찮았어
넘어지고 쓰러져도
한 잎의 그리움을 포기할 수 없어
허공의 만남을 고집했던 것
너도 알잖아
이를테면 빗방울을 매달고 칭얼대던 바람이 되고
깊을 대로 깊어진 독백 묻혀온 어둠이 되면서도
고요하다는 것
너도 알잖아
기울어지는 것이 아니라 기대는 거라고
흔들리는 것이 아니라 건드리는 거라고
믿고 가만하다는 것
너도 알잖아
그러니까 괜찮았어
걱정하지 마
겨울 초롱한 잎눈이 되고 꽃눈이 된
지금도
너 곁에서 고요하게 편안하잖아

봄, 피다

햇살이 또아리를 틀고 혓바닥 날름대며 가지치기 끝난 분재 모과나무 거친 목피의 이랑을 며칠째 스믈스믈 기어가는 거야. 지나는 곳마다 고갤 내민 초록의 눈빛들이 비늘로 반짝이며 날아오르는 거였어.

햇살 속에 나래를 싱싱하게 펴는 잎눈들. 나무의 비늘이었다는 것을 이때 알았어

나무의 본능은 젖는 것,

봄이어도 습기 차 있는 나는 젖은 것이 아니었어.

건조한, 굳어 딱딱해진 각질의 세월에 묶여 시들고 빛바랜 채 때가 되어도 퇴화 되어, 도통 연초록 한 잎 보일 기미조차 보이지 않아 베란다 모과나무 분재 앞을 들락거렸어

각질 사이로 어리고 맑은 빛이 우르르 싹수 푸르게 몰려나올 것 같았어

아직 혹시나 하는,

나의 본능은 지레 아파 찢지 못한 건조한 기억의 목피였어

커피나무

실없이 기웃대는 한 세상을 견디는
너,
습기 찬 열대성 그리움이 있어
기다림의 숨결이 있어
그래,
그리움이다가 기다림이다가
끝내 이슬 한 방울 매달지 못해도
울지 마라
외로워 마라
견딘다는 것은 외롭고 슬픈 것이다
여린 조명 뒤척여
뿌리 되고 잎이 된 너 삶의 반경이
향기로 풀릴지 몰라
정신 바짝 차리게
먼 곳 떠나올 때 건네주던 당부
빗소리에 젖어
오늘, 네 삶의 구석진 자리에도
까르르 까르르
너 닮은 웃음꽃이 필지 몰라

눈빛 1

굴절된 햇살이 꽃의 전잎을 감싸고 있다
끝까지 따스함을 놓지 않는,
그리하여
세상 모든 사라지는 것들의 자리가 따스한가 보다

환하거나 어둡거나, 가볍다거나 무겁다거나
어느 한쪽을 들어내거나 보태거나
그리하여
세상의 모든 기울기는 햇살의 무게인가 보다

뭉치고 풀리는 햇살의 눈빛,
어째 허전하다 싶어 돌아보면 햇살 돌아나간 허공이다

툭,
하나가 떨어지고
하나가 조용히 기울어진다

눈빛 2

갓 부화한 감자의 눈빛이 투명하다
숨소리 가장자리마다
말똥말똥한 기억의 점등식일까
바람과 햇살의 호흡으로 다졌던
한겨울의 피돌기가 뜨겁다 못해 푸르다
뜨겁다는 것은 오래 응시한다는 것
눈빛 속에는 독한 그리움이 안겨 있어
갈증 혹은 간절할 때면 살아나는 푸른 독,
발설하지 못한 저녁과
혹한을 지나는 부풀지 못한 꿈과
해독되지 않은 사랑이
겨울 아침의 초롱한 눈빛으로 자란다
안으로 다독여온 뜨거운 숨소리에
바람의 꽃눈 툭툭 불거지고
온몸 가득 햇살이 조잘댄다

수.박.나.무

수박나무에 하얀 박꽃이 피었다고
저것들 빼도 박도 못하게 딱 걸렸다고 카톡을 날렸어
요

'뭔 짓을 했길래'
'썸을 탔구먼'

박 나무에 수박 열리고 수박나무에 박 열리는
소문 무성한 텃밭에서
햇살의 체위로 나도 한번 썸 타고 싶었어요

낙엽 몇이

별동 건물로 거처를 옮긴 지 일 년입니다
늘 바깥이 궁금한 나와 달리 안쪽이 궁금했던가 봅니다
맞터져 있는 일자형 복도 문을 열어놓으면
제비꽃이며 민들레며 좀꽃마리며 메꽃이며 장미며 허
브며
잠자리며 여치며 베짱이며 사마귀며 마음대로 들락거
렸고
늦은 자율학습 시간이면
개똥벌레까지 형광 불빛을 보이곤 했습니다
나 여기 있다고 수다 떨지 않고
수업방해 할까 봐 꼰지발 들고 기웃댔습니다.
오늘 아침은 빨간 단풍잎과 화살나무 낙엽 몇몇이
계집아이들 깔깔대고 웃는 틈을 타
바람에 기대어 함께 들어왔습니다
떨어져 굴러다니는 것들도 온전한 풍경이 되었습니다
해맑은 향기 되어 다가왔습니다
생의 가장 고요한 지상의 길목에서
늦가을 수업을 참관하려 귀를 쫑긋 세웁니다
그러고 보니 낙엽장학사입니다

첫 교단에 섰을 때보다 더 떨리는 나는,
참 잘했다는 강평에 귓불이 빨갛게 달아올랐습니다

흰 제비꽃 날다

제비꽃 익은 씨방 흰 봉투에 넣어두고
발효의 시간 지나 튀밥 튀듯 뛰쳐나온,
씨앗들
눈부신 비상
온 세상이 환하다

어둠 속 토도독 톡 힘차게 몸을 열어
젖먹던 힘을 다해 저를 던진 제비꽃,
씨방 속
무성한 함성
여운으로 흩날린다

가는 길 어디에도 보리밥 보리 쌀밥
주먹 쥐고 들락날락 아뿔싸 놓쳤구나,
모둠발
꼰지발로 선
내 오랜 어린 날들

더 멀리 날아보자 더 높이 튀어보자

햇살 바람 터트리는 저기가 내 있을 곳,
고것들
즐거운 비명
종착역이 환하다

5부

고사목

그늘을 벗은 그 마음 맑다

무상이다
목탑이다
해탈이다

무늬 지다

무늬가 있는 난을 키워본 사람은
난도 가을이면 단풍이 든다는 것을 안다
사람들은 전잎이라고 하지만
나는 같은 값이면 난의 단풍이라고 부르기로 했다
올해도 무늬 선명했던 몇 잎이 단풍이 들었고
며칠 지나 잎맥을 톡 떨어뜨렸다
다른 나무와는 달리 무늬 난의 단풍은
핏기 잃은 혈색처럼 오히려 무늬가 사라진다
푸른 잎에 노랗고 하얀 선색으로 자태를 뽐내다
한순간에 색을 숨기고 톡하고 떨어지는 순간
무늬가 생겼다는 말이면서 무늬가 사라졌다는 말,
무늬 지다,란 말의 그 자리가
모든 것을 비우고 단 하나의 빛으로 남는
화엄의 자리임을 난은 아는 것이다
떨어진 잎이 빛이 되어 무늬 지는 날이었다

겨울 봄비

아마 오늘이 입춘이지, 겨울 봄비가 내립니다
나무며 풀이며
조잘조잘 아이의 웃음처럼 간질이며 겨울편지를 씁니다
지상에서도 땅속에서도 잘 견디고 있다고
하늘에 보내는 겨울 안부입니다
너와 나에게 보내온 착한 기척입니다
허공에 무늬 진 겨울새의 발자국을 따라
심야고속을 타고 온 겨울 봄비
봄이라고
봄이라고
바람 하나가 나무의 혼을 지피고 있습니다
서로를 잠을 깨워 푸른 혈맥을 세운 나무들도
물방울 매달고 잎섯 푸른 꿈을
가지 끝으로 밀어 올리고 있습니다
그래서 지난밤이 그렇게 근질근질했는가 봅니다
밀봉해둔 말들이,
까르르 까르르 봄꽃으로 피면 좋겠습니다
마당에도 뒤안에도 환하게 피면 좋겠습니다

아침 마당

그대 손끝에서
참새들이 조잘댄다
초름한 나무 하품을 한다
이제 막 눈뜬 아침은
골목골목 떼 지어 몰려와
어둠을 몰아낸다
그네며 미끄럼틀이 기다리는
아침 마당 가장자리마다
호로롱 햇살의 새순이 돋는다
아침 마실을 다녀온 바람 한 올
연초록 감나무 잎에 큰 대자로 누워
이슬에 젖은 몸을 말리고 있다
곰팡이 핀 눅눅한 마음도
엊저녁의 몸살기도 고슬고슬해진다
지금이 아니면 언제 환할 수 있겠니
그대 손끝에서
채송화 분꽃이 넌출 댄다
민들레가 피고 때까치가 날고
한쪽 어깨가 훤히 드러난 아침은
활짝, 밥상을 차린다

내 그대에게

내 그대를 그리워하는 것은
내 기억 속의 그대에게
내 하루치의 사랑을 보시하는 일이리라
내 나이에 이렇게 환해도 될까 싶어
내 한쪽이 수상하기까지 한 것인데
내 생의 곁에 잠시 잠깐 머물다 가라고
내 너를 붙드는 일이리라
내 비로소 그대 쉼터가 되려 작정한 일이리라
내 발길 닿지 못한 곳이 많으면 많을수록
내 손 닿지 못한 설레임으로
내 그대의 그늘로 무성해지는 일이리라
내 뒤란에 문득 꽃이 활짝 피었다고
내 깊숙한 본능이 눈 뜨는 일이리라
내 스스로 서둘지 말라 다독이며
내 안에 내가 잠복하는 일이리라
내 아직도 선이 고운 그대와 나란히 누워
내 그대를 위해 가만히 나를 피우는 일이리라

여자를 펼치다

마당 어귀 남아 있는
쉰이 갓 넘어 서둘러 떠난 누님을 펼치는 날입니다
따뜻한 김치국밥 같은 한 그릇의 사랑이 간절했던 누
님을
바람의 농담이라고 말하고 싶습니다
한 번도 젖어보지 못한 바람의 눈을,
한 번도 번지지 못한 누님의 바람을 펼칩니다
바람 속에도 바람이 부는가 봅니다
한 페이지 한 페이지를 넘길 때마다
오래 닫혀있던 매운 바람 소리가 우르르 달려 나옵니다
곧고 정갈한 처녀성의 언어들입니다
잠시 서늘해지고 쓸쓸해진 누님의 저녁이 보입니다
바람도 지쳐 힘이 부치면 고요히 엎드리는가 봅니다
모서리가 닳지 않은 문턱에는 바람 자국만 반들반들합
니다
근접하지 못할 생을 살다 가신 바람의 징후들입니다
오랜 예보 같은 누님의 고요한 뒤편,
예사롭지 않은 바람의 소견서를 눈여겨 읽습니다

늙은 집

웅천 신도시개발이 한창이다.
길이며 집이며 느티나무며 돌담이며
흔적없이 낯선 포크레인 소리에 잘려나간다
오래 기침을 콜록이던 양철지붕도
비어 적막한 슬레이트 지붕도 사라진다
끝내는 문들의 외마디가 바람 소리로 흩어진다
바람의 사리가 있다면,
그것은 모든 사라지는 것들의 외마디 소리일 것이다
이끼의 시간을 간직한 늙은 집의 관절 꺾이는 소리일
것이다
　오랜 시간의 목을 감아 오르는
　이끼 낀 기와와 은행나무, 늙은 감나무가
　뼈대가 된 집의 내력을 읽는다
　사라진 그 집, 문턱에
　세월을 앞질러 말쑥한 참 좋은 풍경이 섰다

붉은점모시나비 애벌레의 꿈

하필이면 영하 37도의 추위를 견딘 후 부화하는
붉은점모시나비 애벌레의 둥지는 겨울 햇살이다
해찰대는 겨울바람 속
여린 햇살의 둥지에서 첫 발길로 걸어 나와
수억 광년 비행의 기억을 삼보일배 오체투지로 폈다
접는다
몸을 동그랗게 말았다가 펴고 말았다가 펴고
날마다 허공에 봇짐을 푸는 꿈을 꾸는
저 애벌레,
점박이 검은 몸에서 하얀 모시빛이 나올까 싶었는데
사각사각 기린초에 꿈을 풀어놓을 때
그때 노란 봄꽃이 피었던 게지, 그때야
붉은점모시나비 애벌레는
한 점 붉은 꽃잎이었음을 기억하는 게지
영혼이 맑은 영하의 화법으로
추위를 견딘 자만이 알 수 있는 한 호흡의 우화였던 게지

꽃말

살다 가끔
좋은 사람 만나면 꽃이 핀다
사람들이 꽃 핀다

말 한마디에
내가 꽃 되고 너도 꽃 되고
별이 뜨고 달이 뜬다

달 속에 꽃 피고 별 속에 꽃 핀다

바람의 꿈도
어둠의 꿈도
꽃말 한마디에 깨어난다

꽃 꽃 꽃
세상은 상큼하게 한 마리 나비 된다

나뭇잎 물고기

초록 물고기가 허공을 거슬러 오른다
뿌리로 내려가 숨죽여 잠을 자던 물살이
팽나무 한 자락을 시원하게 펼친다
그늘 아가미를 풀어 새와 개미와 무당벌레며
풀여치며 까치와 참새들을 불러들인다
한순간에 물살이 된 그늘 아래 서로를 품어 안는다.
네 속이 시원해
나뭇잎 물고기가 꼬리지느러미를 흔드는 여름 한낮,
골목마다 푸른 햇살이 잠방잠방 물소리로 흐른다
강이 되고 품이 되는
속도를 늦춘 초록의 눈망울,
가만히 틈새를 펴 쉬고 있다

겨울 꽃눈

맺힌 것은 분명하지만 어디서 어떻게 맺혔는지 알 수
없다고 했다.
사리 밝은 눈들도 끝내 혐의점을 찾을 수 없다고
마음 단단히 먹고 시린 맘을 참고 견뎠다고 했다
오래전의 염문이라고 했다
매서운 바람이 불어와도 끝내 풀지 못할 침묵이라고도
했다
그러나 기다리다 보면 풀지 못할 일이 어디 있겠냐며
언젠가는 파랗게 돌아날,
지상의 가장 낮은 자리에 웅크린 눈이라 했다
언젠가는 피어날 꽃, 뼈가 되고 싶은 바람의 오르가슴
이라 했다

기웃기웃

저 봄
참, 할 일도 없다고
아무할 일 없이 그저 기다린 것뿐이라 했는데
기다리는 일도 할 일이라고
또 저렇듯 때 되어 날아오르네요

화르르 한나절을 피어
수도 없이 들썩이던 안쪽의 기척에 눈길 한 번 주지 못
한 채
참, 할 일도 없이
기웃기웃 햇살로 바람으로
나의 올봄은 바깥에만 갇혀 살았어요

그 사이에 꽃들은 피었다 졌지만
그러려니 했습니다

고요의 뒤편 1

누군가를 흔들거나 혹은 닿았을 때 나는 소리,
그리움도 바깥을 기웃대다
인쪽을 향해 달려가 닿은 바람 소리입니다
내 안에 들어서는 그대 발자국 소리입니다
호로롱 씨감자 눈뜨는 소리입니다
화들짝 매화 꽃잎 벙그는 소리입니다
살그머니 봄빛 소리가 부화하는 생명의 소리입니다
바람 한입 베어 물고 팔랑대는 연초록 잎새의 맨발 소
리입니다
스르르 혹은 사르르 내리는 는개 소리도
한 치 앞이 안갯속이라 침묵만이 들을 수 있는 소리지만
기대고 품고 껴안아도 끝내 젖은 바깥소리입니다
밤새 그대도 몰래 젖었던가 봅니다
창틀에는 물방울 떨어질 듯 송글하게 맺혔습니다
누가 흔들어 깨웠던가요
때를 놓쳐 입 다물고 있던 석란 한 송이도
뒤척임 속에서 고요한 소리의 꽃 피웠습니다
가만히 귀 기울이면
폴폴폴 마음속 햇살 들이치는 소리입니다

포롱포롱 아이의 눈웃음짓는 소리입니다
살그머니 살그머니 어둠이 내리는 소리입니다
바람에 뽀로로 별빛 부서져 내리는 소리입니다
살랑대며 숨어 우는 그리운 소리입니다

고요의 뒤편 2

좌수영로 69길이 하루의 늦은 안부를 묻고 있다
하얀 불꽃을 피우는 벚나무 곁에 또 다른 한그루는
아직 봄의 햇살을 켤 기미가 보이지 않는다
견디다 못해 그만 생을 놓아버린 것이다
눈 속에서 파닥대고 있는 연둣빛 봄이
죽은 벚나무의 곁을 무심히 스쳐 지나간다
바람의 문상도 조용한 가운데 이어진다
사뿐히 내려앉은 눈은
스스로 풀어버린 삶은 호상이 아니냐며 참으로 환하게
말한다
소리 없이 어둠은 내렸고 새들의 문상도 끝났다
가파르던 허공 앞에 한숨 돌린 그 나무의 기슭은 이내
고요하다
피우고 물들고 털어낸 오랜 생의 끝은 고요임을 말하
는 것이다

봄, 에피소드

교정에 산목련 한그루 있는데요
옅은 연분홍을 에두른 흰 목련인데요
간밤에 갓 부화한 병아리가
한쪽 날개를 편 듯한 모습인데요
목련의 봄이 우뚝 서는데요
봄을 세우는 힘은 팽팽한 그리움인데요
기다림 겨버리는 꽃잎 분분한 날은
온통 고요하고 아름다운 적막인데요
꽃을 날려 보낸 끝은 오직 가벼움인데요
세상에서 가장 가벼운 이별인데요
알고 보면 하늘로 가는 목련꽃의 첫 발자국인데요
목련 꽃잎 떨어지는 걸 한참 바라보다
내 하루도 피었다 졌는데요
고걸 또 누군가는 사랑이라고도 하는데요

낙엽

할아버지?
어느 날 문득 내 곁에 다가선 낯선 이름 하나

산은 그대로이고
물은 그대로인데

해설

먼 생각을 매단 열차가 수평선을
가리키며 달려오는 풍경

호 병 탁(시인 · 문학평론가)

1.

신병은의 시편들은 한 편, 한 편 모두가 시의 품격을
제대로 갖추고 있다. 즉 음성적 요소로부터, 어휘의 선
택, 문장의 구성, 어조, 심상, 상징에 이르기까지 갖추어
야 할 제반 문학적 요소들이 있을 곳에 자리 잡고 빛을
발하고 있다는 말이다. 그런데 그의 시편에는 문학적 장
치를 뛰어넘어서는 품격 또한 내재되어 있다. 품격이란
말은 기품, 품위와도 통하는 말이다. 이는 시인의 깊은
사유에서 비롯된 것이고 이 글을 쓰는 필자는 우선 그의
'도저한 사유'를 제대로 따라 잡을 수 있을 것인지가 걱
정이 된다. 그렇다고 시가 어려운 것은 전혀 아니다. 그
럼에도 뜻이 깊다. 행간에 내재한 그의 속마음을 최대한
헤아려 보기로 작정한다. 우선 시집의 표제작을 본다.

늦가을 꽃의 마알간 낯바닥을
한참을 쪼그려 앉아 본다
벌들이 날아든 흔적은 없고
햇살과 바람만이 드나든 흔적이 숭숭하다
퇴적된 가루 분분한 홀몸에 눈길이 가고
나도 혼자라는 생각이 정수리에 꼼지락대는 순간,
꽃 속 꽃이 내어준 자리에 뛰어들었다.
혼자 고요한 꽃은,
누군가 뛰어든다는 것을 생각지도 못한 꽃은
순간 화들짝 놀랐지만
나도 저도 이내 맑아졌다.
곁이리라
화엄華嚴이리라

－「곁」전문

　계절은 겨울이 머지않은 '늦가을'이다. 그래서인지 꽃
의 낯바닥이 말갛다. 화자는 "쪼그려 앉아" 본격적으로
그 낯바닥을 바라보고 있다. 그것도 잠간이 아니라 "한
참을" 바라보고 있다. 그리하여 화자는 꽃에 "햇살과 바
람만이" 숭숭 드나들었을 뿐 "벌들이 날아든 흔적"이 없
음을 알아차린다. 그렇다면 그 꽃은 수분受粉도 하지 못
한 '홀몸'이다. 화자는 홀몸인 꽃을 보며 "나도 혼자라는
생각"을 하게 되는 순간 꽃 속에 뛰어든다. 여기서 '생각
이 드는 순간'을 시인은 "생각이 정수리에 꼼지락대는 순

간"으로 표현하고 있다. 눈에 확 띄는 감각적인 표현이다. 게다가 꼼지락댄다는 것은 약간의 시간이라도 흐르는 것으로 결코 '순간'의 시간이 될 수는 없다. 역설의 미가 발동한다. 화자의 갑작스런 뛰어듦에 고요하게 혼자 있던 꽃은 "순간 화들짝 놀랐지만" 피차 홀몸이었던 둘은 원융圓融하여 이내 맑아지고 만다.

여기까지 우리는 "본다" "숭숭하다" "뛰어들었다" "맑아졌다"로 끝나는 네 문장의 짧은 서사를 보았다. 즉 화자는 어떤 가을꽃을 한참 바라보았고, 그 꽃은 벌이 날아들지 않아 홀몸이었고, 그것을 알게 된 화자는 꽃에 뛰어들었고, 서로 홀몸이었던 화자와 꽃은 결국 합쳐지고 만다는 서사로 한 국면이 마감된다. 네 문장 모두 '…하다'의 동일한 종지형으로 끝나고 있음을 유념할 필요가 있다.

시에 연 바뀜은 없지만 이제 국면은 완전히 전환된다. '…하다'라는 종지형은 '…이리라'로 바뀌고 있다. 이는 앞의 서사, 즉 화자와 꽃의 만남과 대한 판단이 발화되고 있다는 말이다. 그 판단은 아주 짧다.

　곁이리라/ 화엄이리라

그것은 '곁'이었고 '화엄'이었다. 그것은 아름답고 귀중한 만남이었다. 우리는 늦가을이란 계절에 외로운 두 존재의 만남이 소중한 것이었다는 정도로 독서를 끝낼 수도 있다. 그러나 이렇게 되면 이글 초입에서 말한 시인의 깊은 사유를 따라잡는 것이 아니다. 시인은 굳이 '곁'이란 어휘를, 더구나 '화엄'이란 어려운 어휘를 동원하여 둘의 만남과 결합에 대해 판단을 내리고 있지 아니한가.

2.

화자는 이미 꽃의 곁에 있다. '곁'은 어떤 사람이나 물체 따위와 공간적·심리적으로 가까운 옆을 의미한다. 화자는 "한참을 쪼그려 앉아" 꽃을 보고 있다. 아주 가까운 공간에 위치하고 있음은 물론 '한참'이란 말에서 심리적으로도 가까이 있음을 알 수 있다. 맘이 내키지 않는데 누가 서서도 아니고 '쪼그려' 앉아서, 그것도 '한참'씩이나 바라보고 있으랴. 그러나 '곁'은 관용구로 또 다른의미를 가지고 있다. 즉 '곁'을 준다고 하면 다른 사람으로 하여금 자기에게 가까이할 수 있도록 '속'을 내 준다는 말이 된다. 이 의미는 증폭되어 여자가 '곁'을 준다고하면 '몸'을 준다는 뜻이 되는 것과 다를 게 없다. 그렇다면 꽃은 한 여인을 은유하고 있다고 볼 수 있다. 꽃은 "벌들이 날아든 흔적"이 없었고 이는 수분을 하지 못했다는 말이다. 즉 암술과 수술의 꽃가루가 서로 옮겨붙지못했다는 소리다. 이에서 우리는 자연스럽게 남녀관계를 연상하게 된다. 더구나 화자는 꽃이 "내어준 자리에"

뛰어들고 있지 않은가. 꽃과 여인의 비유가 맞는다면 '꽃이 내어준 자리'는 '여인이 내어준 몸'에 진배 아니다.

또한 시인은 대단치도 않은 두 존재의 사사로운 만남에 더 큰 의미를 부여한다. 바로 '화엄'이다.

자주 듣고는 있지만 실상 이 어휘는 대개의 사람이 그 정확한 의미를 설명하지 못한다. 필자도 마찬가지다. 사전을 들춰보았더니 '만행萬行 · 만덕萬德을 닦아 덕과德果를 장엄하게 함'이라고 설명되어 있다. 젠장, 뜻풀이가 더 알아먹지 못할 지경이다. 덕분에 공부 좀 더 한다. '모든 현상이 함께 의존하여 일어나, 걸림 없이 서로가 서로를 받아들이고 서로가 서로를 비추면서 끊임없이 흘러가는 장엄한 세계'가 화엄이란다. '장엄'이란 말 좀 빼면 안 되나. 그래도 조금 감은 잡힌다.

이제 이 화엄세계에 외로운 두 존재의 관계를 대비시켜본다. 늦가을, 얼굴이 말간 꽃과 그것을 쪼그리고 앉아 바라보는 두 존재가 '함께 의존하여' 하나의 풍경을 만들고 있다. 그러나 이 전체의 풍경이 되는 두 존재는 각각 서로 다른 고유한 객체임에 틀림없다. 그럼에도 각기 혼자였던 둘은 결국 '서로가 서로를 비추고 받아들이면서' 아름다운 조화와 균형의 관계를 맺고 있다. 어디 이들뿐이겠는가. 세상만물이 모두 다 마찬가지 아니겠는가. 쉬운 예로 식물을 초식동물이 먹고, 초식동물을 육식동물이 먹고 산다. 그러나 인간을 포함한 모든 동물은 죽고 썩어 다시 식물의 영양으로 되돌아간다. 이렇게 관계를 가지며 '끊임없이 흘러가는' 게 세상사 아닌가. 시인은 바로 '가을 꽃'과 인간인 '나'와의 별 볼일 없는 만남을 보며 도저한 사유로 이런 놀라운 화엄의 세계를 바라보고 있는 것이 아닌가.

> 할아버지?
> 어느 날 문득 내 곁에 다가선 낯선 이름 하나
> 산은 그대로이고
> 물은 그대로인데
>
> — 「낙엽」 전문

앞의 '가을 꽃'이 그러하듯 인용된 시 「낙엽」도 가을을 표상하며 무심하게 떨어진다. 그리고 이 조락凋落은 인생의 황혼에 비유되기도 한다. 그리하여 "어느 날 문득" '할아버지'라는 소리를 듣는 자신을 발견하게 된다. 세월이 무상하여 어느 틈에 "곁에 다가선 낯선 이름"이다. 여전히 산은 '그대로' 산이고 물도 '그대로' 물인데 말이다.

이 시는 누구나 겪어야 하는 생의 한 과정을 직방으로 표현하고 있는 4행의 짧은 시다. 우회는 전혀 없다. 그럼에도 후반의 두 행에는 시인의 깊은 사유가 내재되어 있다. 선림에 회자되는 '산은 산이고 물은 물'이라는 공안에서 따온 이 두 행은 당연한 말처럼 생각되지만 더 자세히 들여다볼 필요가 있다. 화자는 아버지를 부르며 살았고 아버지라 불리며 살아왔다. 그리고 이제는 할아버지란 새로운 이름으로 불리며 살게 되었다. 아버지를 부르며 살던 어린 시절의 분별로는 산은 산이었고 물은 물이었다. 아버지는 아버지고 선생님은 선생님이었다. 차별성만이 있을 뿐이었다. 그러나 아버지라 불리며 안으로는 가족을 건사하고 밖으로는 세상과 정신없이 싸우며 살다 보니 때로는 옳은 것도 틀린 것이 되고 틀린 것도 옳은 것이 되었다. 출세의 집착 속에 수많은 사람과 갖가지 일과 부딪히며 화자는 세상을 깨친다. 산은 산이 아니고 물은 물이 아니었다. 둘은 그게 그거였다. 같은 것이었다.

푸른 나뭇잎 무성하던 계절이 지나고 이제 낙엽 지는 가을이 되었다. 화자의 생도 황혼에 접어들었다. 그리고 "어느 날 문득" 할아버지라 불리기 시작한다. 이제 다시 보니 산은 '그대로' 산이고 물은 '그대로' 물이다. 시인이 굳이 '그대로'라는 부사어를 사용하고 있음을 주목해야 한다. 지금의 '산과 물'은 어린 시절의 '산과 물'과 똑같이 되었다. 그러나 의미는 그때와는 전혀 다르다. 아버지를 부를 때는 '차별성'이 있을 뿐이었다. 아버지라 불릴 때는 명목인 '평등성'이 있을 뿐이었다. 그러나 지금은 '차별과 평등'이 대립하거나 충돌하지 않고 공존하고 있다. 산과 물은 원융무애의 평등성을 가지지만 각자 현상계의 고유성과 차별성은 '그대로' 가지고 있는 것이다.

앞에서 가을의 꽃과 그것을 바라보는 화자는 각기 고유한 객체지만 두 존재가 회통하고 융합하는 것을 보았다. 전혀 다른 시 같지만 시인의 사유는 같은 맥락으로 뻗어가고 있다.

   3.

   신병은 시의 가장 큰 특징 중의 하나는 완벽한 리듬을 가진 언어조형 형식을 취하고 있다는 점이다. 동일한 통사구조를 가진 시구들을 일정한 위치에서 반복시키는 것은 물론 어휘들을 연속하여 열거시킴으로써 저절로 리듬이 창출되는 효과를 만들기도 한다.

   나는
   나의 시는

   나무를 풀을 꽃을 바람을 물을 별을 달을 바다를 하늘을
   산을 새벽을 아침을 일출을 소나기를 햇살을 저녁을 빛을
   어둠을 사랑을 꿈을 기억을 아픔을 눈물을 웃음을 그리움
   을 휴일을 그녀를 그대를 어머니를 아버지를 하나님을 밑
   그림으로 베꼈습니다

   나는 나의 손방을 베꼈습니다
   나는 나의 무지를 베꼈습니다
                              -「겉멋 들다」 전문

위의 시는 "나는" 혹은 "나의 시는" 무엇 무엇을 "베꼈습니다"라는 게 전부다. 둘째 연에서 그 대상이 길게 열거되지만 결국은 그런 것들 모두를 "베꼈습니다"라는 말이고, 셋째 연의 두 행도 어떤 것을 "베꼈습니다"라는 똑같은 종지형을 반복함으로 끝이 난다. 바로 앞에서 말한 동일한 통사구조를 가진 문장의 반복과, 대상 어휘의 연속 열거로 최상의 리듬 효과를 만들고 있는 적확한 예다.

시는 '나'라는 주체와 그 주체의 행위로 이루어진 작품, 즉 "나는/ 나의 시는"이란 두 행으로 문을 열고 있다. 이는 그것이 어쨌다는 것인지 진술하는 둘째 연으로 자연스럽게 이어진다. 그것은 나무, 풀, 꽃, 바람, 물, 별, 달, 바다, 하늘, 산, 새벽, 아침, 일출, 소나기, 햇살, 저녁, 빛, 어둠, 사랑, 꿈, 기억, 아픔, 눈물, 웃음, 그리움, 휴일, 그녀, 그대, 어머니, 아버지, 하나님 등 31가지를 '베낀' 것이다. 이 정도 대상들이라면 웬만한 시편들은 만들어지고도 남게 생겼다. 굳이 미메시스를 들먹이지 않아도 문학은 언어를 수단으로 해서 삼라만상의 모습과 인간의 경험을 재현, 즉 모방하는 것이다. 이런 견지에서 보면 문학은 외부 사물을 선과 색채로 평면상에 흉내 내는 그림과도 같다. '새벽' '바다' 위 '하늘'에 스러져가는 '별'의 묘사는 단지 그 수단이 다를 뿐 그림으로도, 글로도 할 수 있는 모방 행위다. 그러나 그림이 미치지 못하는 영역까지 글은 베껴낼 수 있는바 '저녁'나절

'나무'에 걸친 황혼 '빛'을 보며 어린 시절의 '사랑'과 '꿈'을 '기억'하고 '그리움'에 젖는 정황이 있다 하자. 나무에 걸친 황혼은 선과 색채로 재현할 수 있지만 어린 시절의 사랑과 꿈에 대한 기억은 글만이 재현해 낼 수 있다. 이 문제는 더 자세히 후술하기로 하고 참고로 필자의 앞 문장 중 새벽, 바다, 하늘, 별, 저녁, 나무, 빛, 사랑, 꿈, 기억, 그리움은 바로 둘째 연에 등장하는 대상 어휘를 그대로 재인용한 것이다. 또한 베끼는 것과 관련하여 필자는 재현, 모방, 흉내라는 말을 견인하고 있음도 첨언해 둔다.

셋째 연에서도 베끼는 것은 같지만 내용은 급격한 변화를 보인다. 무엇을 전혀 할 줄 모르는 솜씨가 '손방'이다. 무얼 전혀 모르는 게 '무지'다. 이 두 어휘는 공히 '나의'라는 말에 의해 수식되고 있다. 즉 자신이 베낀 모든 것이 실질적으로는 자기 자신의 손방과 무지를 베낀 꼴이 되었다는 말이다. 대단한 겸양의 발언이 아닐 수 없다. 앞에 언급한 것처럼 문학을 포함한 모든 예술은 우주의 삼라만상을 베끼는 것에서 비롯된다. 그럼에도 이 모방의 재현행위를 시의 제목이 가리키는 것처럼 '겉멋'이 들어 베낀 것일 뿐이라고 말하는 시인은 자신의 작품에 참으로 겸손한 자세를 보이는 사람이다. 그러나 이에 관해서도 시인의 도저한 사유는 깊은 천착을 계속한다.

4.

　모든 풍경은 표절이다.

　바다는 모성을 표절하고 장미는 봄비를 표절하고 빗방울
은 음표를 표절하고 나는 아버지를 표절하고 예순은 서른
을 표절하고 어둠은 달빛을 표절하고 저녁은 새벽을 표절
하고 너의 프라이버시를 표절하고 중심은 구석진 곳을 표
절하고 새소리는 바람 소리를 표절하고 바깥은 창을 표절
하고 슬픔은 눈물을 표절하고 겉은 속을 표절하고 잠자리
는 하늘을 표절하고 사랑은 개화와 낙화를 표절하고 매미
는 시간을 표절하고 기억을 표절한다

　표절이란 말,
　말없이 가만히 너를 받아들이고 나를 건너 너에게로 가
는 일이다
　너가 되는 일이다
　산다는 것의 시뮬라크르simulacre
　실체도 없이 참 아무것도 아닌 세상의 아름다운 표절을
위해 건배,
　－「표절하는 세상」 전문

　"모든 풍경은 표절"이란 선언적 발화로 작품은 시작된
다. 이어 많은 표절의 주체와 표절되는 대상이 둘째 연
에서 열거된다. 물론 여기에서도 신병은 시의 큰 특장인
리듬을 가진 언어조형 형식이 완벽하게 구사되고 있다.

특히 이 연에서는 '…은 …을 표절하고' 라는 동일한 통사구조를 가진 시구들이 반복되는 것은 물론 아예 이 시구들이 연속하여 열거되고 있는 보기 드문 형식으로 나타나고 있다.

조금만 주의를 기울여도 우리는 열거되고 있는 표절주체와 그 대상들이 충분한 유추관계가 있음을 인지한다. "바다는 모성을 표절"한다는 것을 예로 들어보자. 하나 이상의 세포로 구성된 생명의 탄생은 8억 년 전 바다에서 비롯되었다. 해파리에 이어 물고기가 등장했고 여기서 양서류가 진화해서 땅으로 힘든 첫 발자국을 내디뎠다. 그리고 이것은 다시 파충류로, 조류로, 이어 포유류로 발전했다. 포유류에서 사람으로 진화한 것은 아주 최근의 일이다. 물고기와 뱀과 새와 사람의 갓 발생하기 시작한 올챙이처럼 생긴 배胚는 구분할 수 없을 정도로 같다. 사람의 태아에는 아가미 비슷한 것이 있고 손발가락도 다섯 개로 나뉘기 전에는 물갈퀴 같은 얇은 막을 지니고 있다. 그렇다면 더 말할 것도 없다. 바다는 모든 생명의 자궁이다. 바로 생명의 어머니 자체가 되는 것이고 따라서 바다와 모성은 충분한 유추관계를 가지게 된다.

이렇게 말하다 보니 바다와 모성은 비유의 한 형태가 된다. 비유에서 표현의 주체는 원개념, 이를 비유하는 것을 매체개념이라 부른다. 비유는 이들 둘 사이에서 유추과정을 통해 유사·인접성을 찾아내는 일이다. 따라서 이 연은 '표절' 대신 '비유'를 대입해 읽어도 무방하다. 즉 '바다는 모성을 비유하고 장미는 봄비를 비유하고 … 겉은 속을 비유하고' 식으로 읽어도 된다는 말이다. 그런데 바다와 모성은 그렇다 쳐도 완전한 반대 개념인 '겉'과 '속'은 어떻게 유사·인접성을 찾아낼 수 있단 말인가. 역설적 비유를 생각하면 된다. '나'는 '아버지'를 표절하고 있다고 시인도 말하고 있다. '젊은' 나와 '늙은' 아버지는 나이에 있어 정반대지만 얼마든지 비유관계가 성립된다. 일정 시·공간에서의 '것'과 '속'도 마찬가지다. 오히려 원개념과 매체개념 사이가 멀면 멀수록 비유는 더 신선하고 충격적이게 마련이다. 그렇다면 첫째 연의 선언적 발화도 '모든 풍경은 비유다'로 바꿀 수 있는 것이 아닌가.

5.

그럼에도 시인은 '모든 풍경은 표절'이라고 강조하며 그 예를 길게 나열하고 있다. 뿐만 아니라 셋째 연에서는 의외로 표절은 "말없이 가만히 너를 받아들이고 나를 건너 너에게로 가는 일"이라고 표절에 대해 대단한 호의적 발언을 터뜨린다. 그리고 "세상의 아름다운 표절을 위해 건배"하자고 제의하며 시를 마감한다.

표절은 남의 글을 몰래 베껴 자기 것으로 만들어 발표

하는 짓이다. '짓'에서 느낄 수 있는 것처럼 표절은 한 마디로 '나쁜 것'이다. 그러나 시인은 이 '짓'에 대해 호의를 보이고 이 '짓'을 위해 건배까지 제의하고 있다. 우리는 시인의 사유가 이제 상식을 훨씬 뛰어넘는 경지에 들어서고 있음을 간파한다. 그래서 필자는 그의 깊은 사유를 제대로 따라 잡을 수 있을 것인지 걱정된다고 이 글 초입에서 말한 것이다. 그의 속내를 최대한 헤아려 보자.

우선 '남의 글을 베껴 자기 것처럼 발표하는' 표절과 관련된 말을 살펴본다. '복사'는 원본을 그대로 베끼는 것이고, '모사'는 어떤 그림을 그와 똑같이 베끼는 것이고, '복제'는 본디의 것을 베껴 똑같은 그림이나 글을 만드는 것이고, '흉내'는 남의 말이나 행동을 그대로 베껴 옮기는 짓이고, '모방'은 남을 흉내 내어 본뜨거나 본받는 것이다. 이렇게 보면 모두 베낀다는 공통점이 있다. 그렇다면 앞의 시「겉멋 들다」에 그처럼 반복되고 위 여러 어휘에 공통적 의미망으로 작용하는 '베끼다'는 도대체 무엇인가. 간단하다. 친구 숙제를 그대로 베껴 내는 것처럼 남의 글을 그대로 옮겨 쓰는 것이다. 이게 그것 같고 그게 이것 같다.

필자는 앞에서 문학은 외부 사물을 선과 색채로 베껴 내는 그림과도 같지만 꿈과 사랑 같은 인간의 내적 경험까지도 베껴낼 수 있다고 말한 바 있다. 또한 베끼는 것과 관련하여 자연스럽게 재현, 모방, 흉내라는 말들이 글에 견인되고 있음도 언급한 바 있다. 실상 이런 모든 말들은 삼라만상·인간만사를 되받아서 나타내 보이는 것이 문학이란 관점에서 기인한 말들이다. 따라서 문학을 '거울'에 비유하기도 하는데 매우 수긍할 만한 말이다.

시인이 이 연에서 표절은 "산다는 것의 시뮬라크르"며, "실체도 없이 참 아무것도 아닌 세상의 아름다운" 것으로 설명하고 있음을 주시할 필요가 있다. 이것이 바로 표절에 대한 호의적 발언과 함께 건배를 제의하는 까닭이 되고 또한 이 의미심장한 이 발언이야말로 시인의 사유를 따라잡는 핵심적 관건이 되기 때문이다.

쉽게 가자.

영원불변하고 절대적 질서와 조화가 실현된 세계가 있다. 그것은 곧 관념의 세계이자 진리의 세계다. 우리가 사는 세상의 모든 것은 그 세계의 타락된 환영일 뿐이다. 삼라만상을 재현한다고 하지만 절대로 예술은 진리의 세계에 도달할 수 없다. 그것은 단지 감각의 세계를 대할 뿐이고 그나마 그것을 제대로 취급할 수 있는 기술도 없이 다만 흉내 낼 뿐이다. 흉내는 '진짜가 아닌 가짜'다. 기술자는 순수한 관념을 명확히 파악하지는 못하지만 그 관념의 희미한 반영을 형태로 만들 수 있는 기술과 지식을 가지고 현실생활에 공헌한다. 예로 목수는 감각의 세계에서 목재를 얻어다가 그 목재의 성질을 알아내어 집도 짓고 침대도 만든다. 목수가 만든 침대를 화가가 똑같이 그렸다 하자. 거기서 잘 수 있겠는가. 예술가들의 흉내―대신 앞서 언급한 모방, 표절, 복사, 모사, 복제, 베끼기를 대입해도 마찬가지다―는 현실적인 용도가 없다. 따라서 예술가들은 사기꾼이고 그들의 작품은 개떡이다. 바로 이 '개떡'에 해당되는 것이 플라톤의 '시뮬라크르'다. 다시 말하자면 절대적인 진리의 세계, 즉 이데아의 복제가 현실이며 시뮬라크르는 복제의 복제로 가장 가치 없다는 말이다. 과연 그러한가.

이 개념은 고대에서 현대에 이르기까지 많은 학자가 다루게 되었고. 마침내 이 시뮬라크르는 실제로는 존재하지 않지만 존재하는 것처럼, 때로는 존재하는 것보다 더 생생하게 인식되는 대체물을 의미하게 되었다. 현대전쟁에서 미사일 발사는 컴퓨터의 화면을 보면서 하지 실제 미사일의 움직임을 눈으로 보면서 하지 않는다. 물론 화면 속의 미사일은 실재하는 미사일이 아니다. 하나의 화상 이미지일 뿐이다. 그림 속의 침대처럼 가짜다. 그러나 시뮬라크르인 화면상의 미사일 궤도는 실제의 궤도로 간주된다. 화상 앞에서 싸우는 전사들은 실제 탄이 제대로 날아가고 있는지 아닌지 알 필요도 없게 되어버렸다.

과학의 발달로 이제는 모방의 대상이 되는 원본original의 개념조차 사라졌다. 똑같이 베낀 똑같은 복제품만이 대량 반복 생산될 뿐이다. 코카콜라의 맛과 향은 여수 오동도에서 마시나 뉴욕 맨해튼에서 마시나 똑같다. 세계 곳곳의 공장에서 똑같은 맛과 향을 가진 콜라가 생산

되고 있기 때문이다. 내가 마시는 콜라가 오리지널인가. 아니다. 복제품이다. 오리지널이라는 게 있기는 한 것인가. 없다. 코카콜라라는 이미지만 남아있을 뿐이다. 이제 원본 없는 이미지가 그 자체로서 현실을 대체하고, 현실은 이 이미지에 의해서 지배받게 되므로 오히려 현실보다 더 현실적인 것이 되었다.

그리하여 플라톤이 복제의 복제라고 그처럼 공격했던 시뮬라크르는 어느덧 "말없이 가만히 너를 받아들이고 나를 건너 너에게로 가는" 존재가 되었다. 또한 시인을 포함한 예술가들은 기술자도 못되면서 흉내나 내는 사기꾼이 아니라 그 흉내를 통해 창조한 이미지로 현실을 대체하고 지배하는 존재가 되었다. 그래서 위의 시에서 '모든 풍경은 비유'라고 하지 않고 "모든 풍경은 표절이다"라고 자신에 찬 선언적 발언을 한 게 아닌가. 표절은 이게 그거고 그게 이것 같은 흉내, 모방, 복사, 모사, 복제, 베끼기에 다름 아니다. 당연히 시인은 "세상의 아름다운 표절을 위해 건배"를 제의하게 되었을 터이다.

6.

두 편의 시 「겉멋 들다」와 「표절하는 세상」의 주조음인 '베끼기'와 '표절'에 내재하는 시인의 사유를 따라잡느라 좀 헐떡거린 것 같다. 이제 시인이 창조해낸 아름다운 서정의 이미지를 보자.

무궁화 꽃이 피었습니다
사람과 사람
집과 집 사이에 골목들이 꽃 피었습니다

키를 쓰고 소금 얻으려 다니던 골목
나뭇잎 사이 햇살로 반짝이는 골목
은빛 지느러미 살랑대며 바람 거슬러 오르던 골목
뚜벅뚜벅 늦은 발길 소리 선명한 골목
고등어 굽는 냄새 이글거리는 골목
긴 이랑을 뜨겁게 돌아 나온 저녁 밥물 넘던 골목
전봇대 아래 허리띠를 풀던 취기어린 골목

골목이 사라졌습니다
사람과 사람
집과 집 사이에 아이들이 꽃피지 않습니다
무궁화 꽃이 피지 않습니다

- 「골목」 전문

작은 집들이 있고 그 사이를 이리저리 통하는 좁은 길이 있다. 골목길이다. 시인은 유년시절의 추억이 담긴 이런 정겨운 골목들이 사라져가고 있음을 안타까워한다.

첫 연에서는 골목길을 회억하고 있다. 그곳은 사람과

사람 사이에, 집과 집 사이에 꽃이 피던 곳이다. 이 연의 첫 행 "무궁화 꽃이 피었습니다"는 주목을 요한다. 정확히 10음절로 구성된 이 문장은 실제의 무궁화 꽃을 지시하기도 하지만 중요한 또 하나의 의미가 함축되어 있다. 기억하는 사람들도 많겠지만 숨바꼭질 같은 놀이를 할 때 술래에게는 아이들이 숨을 수 있는 일정 시간을 부여하게 된다. 이때 10음절의 이 문장을 10번 반복하면 100이 된다. 바로 이 시간을 재기 위해 '무궁화 꽃이 피었습니다'는 상용되었던 것이다. 이 문장에서 우리는 아이들이 골목에서 술래잡기를 하며 재미있게 노는 정경을 연상하게 된다. 다음 행의 "사람과 사람 집과 집 사이"에 피는 '꽃'에서도 내재된 의미, 즉 서로 사이좋게 지내던 이웃 간의 정을 인지한다. 그 꽃은 이야기꽃이 되기도 했을 터이고 나눔의 꽃이 되기도 했을 터이다.

둘째 연은 시인의 특장인 예의 반복병치의 문체로 구성되고 있다. 그런데 특이하게도 여기에서는 명사 '골목'을 종지형으로 하는, 따라서 하나의 문장이 이루어질 수 없는 명사구의 반복만을 보여주고 있다. 그럼에도 골목이란 명사를 수식해 주는 앞의 수식구들이 주어와 술어를 갖추고 있어 문장 역할을 충분히 수행하고 있다.

이 연에서는 화자는 골목에 얽힌 갖가지 추억을 하나하나 드러내어 구체적으로 반추하고 있다. 아침에 "키를 쓰고 소금 얻으러" 다니는 아이는 간밤에 이불에 오줌을 쌌다는 얘기다. 창피해 찡그린 아이의 얼굴을 보며 절로 미소를 짓게 하던 골목이었다. "나뭇잎 사이"로 햇살이 반짝거리고, 또한 "은빛 지느러미 살랑대며" 바람이 거슬러 오르기도 하던 골목이었다. 밤이 되면 지나가는 "뚜벅 뚜벅" 구둣발소리가 유난히 선명하게 들리던 골목이었다. 골목 안에 사는 사람들이 부유란 것은 아니다. 저녁 준비할 때가 되면 서민들이 즐겨 먹는 "고등어 굽는 냄새"가 나고, 논과 밭의 "긴 이랑을", 즉 오랜 노동 끝에 얻어진 곡식으로 소중한 저녁밥의 "밥물 넘던" 냄새가 나는 골목이었다. 역한 냄새가 아니었다. 서민들의 따뜻한 인정이 배어있는 구수한 냄새였다. 깊은 밤 비틀거리는 취객이 "전봇대 아래 허리띠를" 풀고 시원하게 오줌을 갈기던 모습도 가끔은 볼 수 있던 골목이었다.

셋째 연은 직설적으로 "골목이 사라졌습니다"라는 화자의 안타까운 마음이 표출되며 전개된다. 화자가 앞에서 여러 가지 추억을 반추하던 그 골목이 사라져버리고만 것이다. 이 연은 첫째 연과 관계가 깊다. 이 작품은 "무궁화 꽃이 피었습니다"로 문을 열고 "무궁화 꽃이 피지 않습니다"로 문을 닫는다. 똑같은 주어 '무궁화 꽃'과 똑같은 술어 '피다'를 사용하지만 상황은 정반대다. 절묘한 솜씨다. 당연히 "무궁화 꽃이 피었습니다"의 10음절을 노래하며 술래잡기를 하던 골목 안의 아이들도 사라졌다는 뜻이 된다. 그래서 화자는 첫 연에서도 똑같이 등장하는 "사람과 사람 집과 집 사이에" 이제는 "아이들이 꽃피지 않습니다"라고 안타까워하는 게 아닌가. '아이들'이 바로 '꽃'이었던 것이다.

필자가 앞에서 말한 대로 이 시에는 '아름다운 서정의 이미지'가 담겨 있다. 사람의 경험이란 우선 오관을 통한 외부세계에 대한 감각적 지각이다. 시인은 자신의 모든 언어조형의 능력을 살려 이 감각적 지각으로 기억된 경험을 재생시키려 한다. 위의 시는 여러 수단을 사용하여 우리의 골목에 대한 경험을 되살리고 있다. 추상적인 의미가 아니라 우리가 직접 보고 느꼈던 골목을 오관으로 자극하여 인식하게 하려는 것이다.

우리는 위 시에서 "나뭇잎 사이 햇살" 반짝이는 것을 본다. "뚜벅 뚜벅 늦은 발길소리"를 듣는다. "고등어 굽는 냄새"를 맡는다. 넘치는 "저녁밥물"에 군침이 돈다. "은빛 지느러미 살랑대"는 바람이 피부에 와 닿는다. 시 · 청 · 후 · 미 · 촉각의 모든 감각이 자극되며 이를 느낀다. 더 나아가 "무궁화 꽃이 피었습니다"라는 말에서는 시각적으로 무궁화를 인식하는 동시에 청각적으로 이 구절을 노래하며 노는 아이들의 목소리를 인식한다. 이처럼 대상을 감각적으로 인식하도록 자극하는 말이 소위 심상, 즉 이미지다. 이 이미지를 보다 전개시키면 비유가 되고 이는 다시 상징으로까지 뻗어가게 된다. 이 시에서도 '꽃'은 바로 '골목 안에 놀던 아이들'의 메타포가 되고 있지 아니한가. 또한 이 시에서 반복되는 '골목'은 작품 전체에 그 의미의 힘을 뻗치고 있다. 이는 시인의 암시적인 어떤 정신가치가 내재된 것으로 골목은 이제 묘사되는 시적 대상을 넘어 상징을 향하고 있는 것이다.

시인이 사는 곳은 어디서고 바다가 바라보이는 여수다. "문수동 182번지"가 여수의 어디쯤인지 알지 못하지만 그곳에서도 바다는 보일 것이다. 골목이 있고 바다가 보이는 동네에 사는 사람들은 참으로 인간 냄새가 나는 사람인 것 같다. 그래서 사람과 사람 사이에 꽃이 피는게 아닌가. 문수동에 사는 화자도 예외는 아니다. "무심코 차를 몰아" 건물 모퉁이를 턴하다가 "비둘기 두 마리 황망히" 날아오르게 만든다. 새들은 아침을 먹는 중이었고 화자는 "새들의 아침 식탁을" "걷어 차버린" 결과가 되어 버렸다. 화자는 "절대로 덤일 수 없는" 그들의 아침을 걱정한다. "문수동 182번지에"에 떠돌며 "공복의 부리를 비벼"댈 새들에게 죄의식을 느낀다. 그리고 그들의 "아침을 깨어버린 나의 이 폭력"을 어쩔 것인지 스스로에 묻고 있다.(「긴요한 아침」) 작고 약한 것을 측은하게 생각하는 화자의 시선이 참으로 따뜻하다.

대개의 항구도시 골목길이 그러하듯 시인이 노래하는곳도 평야에 있는 것과는 달리 경사져 올라가는 길인 것같다. 그래서 "골목 아래로 흰 바람꽃 소리로 피는 바다가 보이는" 것이 아니겠는가. 또한 그래서 골목 아래로이제 인용하는 기가 막힌 정경도 볼 수 있는 것이 아니겠는가.

먼 생각을 매단 몇 량의 열차가 뼈마디 서걱이며 바다를

향해 달려와 저쪽 수평선을 가리킨다

-「바다 레일바이크」부분

이 구절은 필자가 이 시집에서 발견한 최고의 이미지다. 기차는 많은 량을 달지도 않았다. 겨우 몇 량일 뿐이다. 대신 "먼 생각을 매"달고 "뼈마디 서걱이며 바다를 향해 달려"온다. 그리고 골목 위에 있는 화자에게 "수평선을 가리킨다" 너도 저 수평선 너머로 떠나보라고. "떠나는 일에 익숙지 않은" 화자는 "손사래를 치지만" 이미 수평선 위 하늘길, "코발트블루"색의 가을 하늘길에 "신나게 페달을 밟"고 있는 자신을 발견한다. 환상적인 정경이 아닐 수 없다.

'골목'이 있는 동네와 관련해서 우리는 이미 '은빛 지느러미 살랑대며 골목을 거슬러 오는 바람'이나 '걷어 차버린 새들의 아침 식탁'과 같은 감각적인 심상을 발견할 수 있었다. 그러나 위 인용문은 이를 압도하는 빼어난 심상이다. 이제 '골목'은 확실히 상징의 단계로 접어들고 있다.

7.

이미 지면은 출판사의 허용한계를 넘어서고 있다. 그래도 특별한 문학적 기교 없이 시인의 시적 역량이 최대한 발휘되고 있는 작품 한 편은 절대로 지나칠 수 없다.

나무를 나무라 하지 못했습니다
풀을 풀이라 하지 못했습니다
꽃을 꽃이라 하지 못했습니다
바람을 바람이라 하지 못했습니다

내가 어리석어
사랑을 사랑이라 말하지 못했습니다
나를 나라고 하지 못했습니다

문득, 지나치다
나무와 풀과 꽃과 바람을 오래오래 바라보았습니다

나무를 나무라고만 할 수 없었습니다
풀을 풀이라고만 할 수 없었습니다
꽃을 꽃이라고만 할 수 없었습니다
바람을 바람이라고만 할 수 없었습니다

내가 어리석어
사랑을 사랑이라고만 우길 수 없었습니다
나를 나라고만 우길 수 없었습니다

－「내가 어리석어」 전문

해석하고 자시고 할 것도 없다. 첫째 연은 나무를 나
무라 하지 못했고, 풀을 풀이라 하지 못했고, 꽃을 꽃이라 하지 못했고, 바람을 바람이라 하지 못했다는 단순한 진술이다. 둘째 연도 마찬가지다. "내가 어리석어"라는 이유가 있지만 사랑을 사랑이라 말하지 못했고 나를 나라고 하지 못했다는 똑같은 진술이다. 이 말은 넷째 연과 마지막 연에서 그대로 반복된다. '만'이라는 어떤 것을 한정하는 조사 하나가 덧붙어 있고 '못했다'가 '할 수 없었다' 혹은 '우길 수 없었다'로 바뀌었을 뿐 모두가 똑같다. 즉 나무를 나무라고만 할 수 없었고 풀을 풀이라고만 할 수 없었고…, 사랑을 사랑이라고만 우길 수 없었고, 나를 나라고만 우길 수 없었다는 같은 진술이다. 이게 시가 되나?

그러나 우리는 전반부와 후반부의 의미가 다르게 전환되고 있음을 눈치채야 한다. 전자는 꽃을 꽃이라 하지 못했다는 있었던 사실을 확정하고 마는 것이지만, 후자는 '만'이라는 단 하나의 조사 힘으로 꽃은 꽃 자체만이 아닌 다른 것, 예로 그리움, 기다림 등, 다양한 가능성을 가진 의미로 확장되고 있다. 마찬가지로 나를 나라고 하지 못했다는 것도 과거의 확정된 사실이다. 하지만 나를 나라고만 우길 수 없었다는 것은 나는 나 이외의 타인이나 사물, 즉 연인이 될 수도, 별똥별이 될 수도 있었다는 열린 의미로 변환되고 있는 것이다.

그런데 이런 의미의 전환이 이루어진 연유는 무엇 때문일까. 답은 짧은 셋째 연에 있다. 그것도 "오래오래 "라는 결정적 핵심어휘 하나에 그럴 수밖에 없는 정당성

이 숨어 있다. 나무와 풀과 꽃과 바람은 늘 보고 또한 지나치는 것들이다. 그러던 어느 날 화자는 "문득" 그것들을 "오래오래 " 바라보게 된다. 그랬더니 그것들은 새로운 의미를 띠고 다가온다. 맨 앞에서 본 「곁」에서도 화자는 "한참을 쪼그려 앉아" 꽃을 바라본다. '한참'은 '오래오래'나 마찬가지 말이다. 그냥 지나쳤다면 그것은 아무 의미 없는 하나의 사물에 불과했을 것이다. 그러나 한참 꽃을 본 결과 그것은 '곁'도 내어주고 '화엄'까지 보여주고 있지 아니한가. 그런 "꽃을 꽃이라고만 할 수"는 없는 것이 아닌가. 나무와 풀과 꽃과 바람을 관심과 애정의 눈으로 오래오래 바라볼 때 그것들은 사물 자체의 의미를 넘어선다. '바람'에 흔들리고 있는 '풀'을 한참 바라보면 그것은 흔들리기 쉬운 우리의 '사랑'을 넌지시 꾸짖기도 하고, 흔들려도 꺾일 수 없는 '나'의 삶에 대한 강한 자세를 촉구하기도 한다. 같은 진술을 앞뒤에서 반복하고 있는, 시 같지도 않은 시처럼 보이는 이 시에는 이런 도저한 사유가 담겨 있다. 특히 "오래오래"라는 단 하나의 부사어로 시의 물꼬를 확 바꾸어 놓은 시인의 역량이 대단하다.

시집 해설 중 가장 긴 글의 하나가 된 것 같다.